Prezado Cliente,

Parabéns!

É com grande satisfação que lhe premiamos como **Cliente Especial do Mês**, com esta belíssima obra literária de **Fernando Sabino**.

A Companheira de Viagem reúne crônicas e contos, com simples flagrantes do cotidiano. Essas são algumas das páginas mais felizes de Fernando Sabino, nas quais o escritor entrelaça, com técnica fina e sutil, os elementos de ficção comuns a estes dois gêneros, dos quais se tornou um mestre.

Esperamos que aprecie esta obra de rara ternura e que os cartões Real Visa e Real MasterCard estejam presentes em todos os momentos do seu dia-a-dia.

REAL CARTÕES

DO AUTOR

OS GRILOS NÃO CANTAM MAIS, contos, Pongetti, 1941; Record, 3ª edição, 1984.
A MARCA, novela, José Olympio, 1944; Record, 3ª edição, 1984.
A CIDADE VAZIA, crônicas e histórias de Nova York, O Cruzeiro, 1950; 6ª edição, acrescida de *Medo em Nova York*, Ed. Sabiá, 1969; Record, 9ª edição, 1992.
A VIDA REAL, novelas, Ed. A Noite, 1952; Record, 7ª edição, 1994.
LUGARES-COMUNS, dicionário, MEC-Cadernos Cultura, 1952; Record, 3ª edição, 1984.
O ENCONTRO MARCADO, romance, Civilização Brasileira, 1956; Record, 73ª edição, 2001.
O HOMEM NU, contos e crônicas, Ed. do Autor, 1960; Record, 40ª edição, 2001.
A MULHER DO VIZINHO, crônicas, Ed. do Autor, 1962; Record, 17ª edição, 1997.
A COMPANHEIRA DE VIAGEM, contos e crônicas, Ed. do Autor, 1965; Record, 16ª edição, 2002.
A INGLESA DESLUMBRADA, crônicas e histórias da Inglaterra e do Brasil, Ed. Sabiá, 1967; Record, 10ª edição, 1992.
GENTE, crônicas e reminiscências, Record, 1975; 4ª edição, 1996.
DEIXA O ALFREDO FALAR!, crônicas e histórias, Record, 1976; 15ª edição, 2000.
O ENCONTRO DAS ÁGUAS, crônica irreverente de uma cidade tropical, Record, 1977; 4ª edição, 1984.
O GRANDE MENTECAPTO, romance, Record, 1979; 60ª edição, 2001.
A FALTA QUE ELA ME FAZ, contos e crônicas, Record, 1980; 16ª edição, 1995.
O MENINO NO ESPELHO, romance, Record, 1982; 59ª edição, 2001.
O GATO SOU EU, contos e crônicas, Record, 1983; 19ª edição, 2001.
MACACOS ME MORDAM, conto em edição infantil, Record, 1984.
A VITÓRIA DA INFÂNCIA, crônicas e histórias, Ed. Nacional, 1984; Ática, 1994; 4ª edição, 1997.
A FACA DE DOIS GUMES, novelas, Record, 1985; 16ª edição, 2001.
O PINTOR QUE PINTOU O SETE, história infantil, Berlendis & Vertecchia, 1987.
OS MELHORES CONTOS, seleção, Record, 1987; 8ª edição, 2000.
AS MELHORES HISTÓRIAS, seleção, Record, 1987; 7ª edição, 2001.
AS MELHORES CRÔNICAS, seleção, Record, 1987; 9ª edição, 2001.
MARTÍNI SECO, novela, Ática, 14ª edição, 2000.
O TABULEIRO DE DAMAS, esboço de autobiografia, Record, 1988; 5ª edição, 1999.
DE CABEÇA PARA BAIXO, relato de viagens, Record, 1989; 6ª edição, 1996.
A VOLTA POR CIMA, crônicas e histórias curtas, Record, 1990; 8ª edição, 2001.
ZÉLIA, UMA PAIXÃO, romance – biografia, Record; 8ª edição, 1991.
O BOM LADRÃO, novela, Ática, 8ª edição, 2000.
AQUI ESTAMOS TODOS NUS, novelas, Record, 1993; 5ª edição, 2001.
OS RESTOS MORTAIS, novela, Ática; 5ª edição, 2000.
A NUDEZ DA VERDADE, novela, Ática, 9ª edição, 2000.
COM A GRAÇA DE DEUS, leitura fiel do Evangelho, Record, 1994; 5ª edição, 1995.
O OUTRO GUME DA FACA, novela, Ática, 1996; 5ª edição, 2000.
OBRA REUNIDA – 3 vols., Nova Aguilar, 1996.
UM CORPO DE MULHER, novela, Ática, 1997; 3ª edição, 1999.
O HOMEM FEITO, novela, Ática, 1998.
AMOR DE CAPITU, recriação literária, Ática, 1998; 5ª edição, 2000.
NO FIM DÁ CERTO, crônicas e histórias, Record, 1998; 7ª edição, 2001.
O GALO MÚSICO, contos e novelas, Record, 1998; 2ª edição, 2000.
A CHAVE DO ENIGMA, crônicas e histórias, Record, 1999; 2ª edição, 2001.
CARA OU COROA? crônicas e histórias. Ática, 2000.
LIVRO ABERTO, páginas soltas ao longo do tempo. 2ª edição, Record, 2001.
CARTAS PERTO DO CORAÇÃO, Fernando Sabino e Clarice Lispector, 2ª edição, Record, 2001.

Fernando Sabino

A companheira de viagem

14ª EDIÇÃO

EDITORA RECORD
RIO DE JANEIRO • SÃO PAULO
2002

CIP-Brasil. Catalogação-na-fonte
Sindicato Nacional dos Editores de Livros, RJ.

Sabino, Fernando, 1923-
S121c A companheira de viagem / Fernando Sabino – 14ª ed.
14ª ed. – Rio de Janeiro: Record, 2002.

ISBN 85-01-911100-3

1. Contos brasileiros. I. Título.

77-0366 CDD – 869.9301
CDU – 869.0(81)-34

Capa: Desenho de Dounê

Rua Canning, 22, aptº 703, 22081-040 – Fax: (021) 2247-1528
Rio de Janeiro, RJ, Brasil.

DISTRIBUIDORA RECORD DE SERVIÇOS DE IMPRENSA S.A.
Rua Argentina 171 – 20921-380 Rio de Janeiro, RJ – Tel.: 2585-2000

Impresso no Brasil

ISBN 85-01-91100-3

PEDIDOS PELO REEMBOLSO POSTAL
Caixa Postal 23.052
Rio de Janeiro, RJ – 20922-970

CÓPIA NÃO AUTORIZADA É CRIME
ABDR
ASSOCIAÇÃO BRASILEIRA DE DIREITOS REPROGRÁFICOS
RESPEITE O DIREITO AUTORAL
EDITORA AFILIADA

ÍNDICE

PASSEIO

— Aonde vamos, papai?

Seguiam devagar, de mãos dadas, em direção ao túnel. Ele olhou em redor, desorientado.

— Dar um passeio. . . Vamos passar pelo túnel — resolveu. — A pé, você já passou pelo túnel a pé?

— Não — disse a menina, extasiada. Num passeio com o pai, tudo era motivo de prazer. — A gente pode?

— Pode. Tem um lugar do lado que é para a gente passar.

— De que é feito o túnel, papai?

De que era feito o túnel? Essa era uma pergunta meio tola. Tinha oito anos e parecia inteligente. . . O túnel era um buraco na montanha, não era feito de nada.

— Ah. . .

De repente, porém, ela o surpreendeu:

— Túnel deprime muito a gente.

— Deprime? Com quem você aprendeu isso?

— Com mamãe: nós duas andamos muito deprimidas.

Positivamente, a mulher deveria ter mais cuidado com o que falava. O que seria daquela menina, sem ele perto, para... para...

— E por que vocês andam deprimidas?

— Não sei: acho que é porque não temos vontade de comer.

Era preciso falar — e falar com jeito, sem escandalizar a menina, assustá-la para a vida. Não dê motivo fútil — era o que recomendavam. O que uma menina de oito anos entenderia por motivo fútil?

— Você já está mocinha — tentou, desajeitadamente, e não soube continuar.

— Aonde nós vamos, papai?

Saíram do túnel. O melhor era procurar um lugar calmo, sossegado. Uma confeitaria, talvez.

— Você quer tomar um sorvete?

— Mamãe disse que está muito frio.

— Não tem importância — disse ele apressadamente: — Vamos tomar um sorvete.

Satisfeitos ambos com a resolução, entraram num ônibus e saltaram à porta da confeitaria. Ela se deteve junto à vitrine:

— Olha, papai, que bonito.

Era uma horrorosa caixa de bombons em forma de coração.

— Dou de presente, você quer? — e puxou-a pelo braço, em direção à entrada. Dar-lhe-ia tudo que quisesse, como a comprar sua simpatia para o que tinha a dizer.

— Mamãe falou que não posso comer bombom senão não janto.

— Hoje você pode, sim.

A mãe também estava exagerando, oprimindo a menina. Não tinha nada de mais comer um bombom de vez em quando. E aquele dia não era um dia comum — pensou, sem perceber que violentava as regras intransigentes de educação da filha que ele próprio firmara e que a mulher agora não fazia senão obedecer. Oprimindo a menina. Nós duas andamos muito deprimidas.

Pessoas entravam e saíam da confeitaria, movimentada àquela hora da tarde. Moças e rapazes esperavam mesa, conversando em grupos, alguns olharam aquele homem tímido, meio curvado, que entrava com uma menina pela mão. Sentiu-se constrangido no ambiente elegante da confeitaria, sentiu-se velho entre aqueles rapazes de suéter e aquelas moças de calça comprida, como rapazes. Em dez anos a filha estaria assim. Dez anos passam depressa. Dez anos haviam passado.

— Aqui não tem lugar — disse ele, contendo a menina. — Vamos ali para o fundo.

Passaram ao outro lado da confeitaria, de aspecto mais humilde.

— Aqui tem sorvete também. Não está bom?

A menina sacudiu a cabeça, submissa:

— Lá na frente era melhor...

— Lá na frente não tem lugar.

— Mas aqui não tem bombom.

— Ah, me esqueci de sua caixa de bombons! Espere aí que eu vou buscar.

Sentou-se a uma das mesas e ordenou ao garçom:

— Traga um sorvete para esta menina. Que sorvete você quer, minha filha? De coco? chocolate?

— *Milk shake* — disse ela, com displicência, o garçom logo a entendeu. O pai olhou-a espantado:

— Que é que você pediu?

— *Milk shake.* Venho aqui sempre com mamãe e ela pede *milk shake.*

— Então espera aí direitinho que vou buscar seus bombons, volto já.

Passou à outra parte da confeitaria, dirigiu-se ao balcão:

— Quero aquela caixa de bombons que está ali na vitrine, aquela feia, em forma de coração.

De longe avistou a filha, perninhas dependuradas, a chupar o canudo do refresco, olhos vagos, distraídos, inconstantes — os olhos da mãe.

— Demorei? — e sentou-se ao lado dela.

— Fiquei com medo de você ir embora.

— Então eu ia fazer uma coisa dessas, minha filha, ir embora?

A menina apontou a mesa com os olhos, sem abandonar a palha do refresco:

— Pedi um *milk shake* para você.

Ele se ajeitou na cadeira e acendeu um cigarro. Chegara o momento — como começar?

— Você sentiu saudade do papai?

— Não, porque você demorou pouco. Comprou?

— Comprei, olha aqui — e exibiu-lhe o embrulho.

— Vou levar para mamãe — resolveu ela, subitamente inspirada. — Pode?

— Pode — e ele passou a mão pelo rosto, desconcertado. — Um presente seu para ela.

— Meu, não: seu — fez a menina, como a experimentá-lo. Não respondeu. Ela voltara a chupar o canudo de palha, agora soprava para dentro do copo, fazendo espuma no refresco.

— Eu pergunto se você sentiu saudade de mim não foi agora não, foi quando estive viajando.

— Você esteve viajando mesmo?

Meu Deus, como começar? Era preciso começar, já se fazia tarde, o refresco se acabava, em pouco tinha de levá-la de volta para a mãe. Estivera viajando sim, por que haveria de mentir?

— E chegou assim, sem mala, sem nada?

— É porque eu cheguei... Isto é... Olha aqui, toma este outro também, papai não está com vontade — e passou-lhe o copo.

— Assim não janto e mamãe zanga — disse ela, indecisa, a boca a meio caminho do segundo refresco.

— Não tem importância. Diga que fui eu.

Não tinha importância — o importante era dizer, contar tudo, escandalizar, violentar a inocência da menina. Assim recomendavam todos hoje em dia: as crianças devem saber tudo, porque senão inventam por conta própria, e é pior. O que não é capaz de inventar uma criança? Antigamente na escola, entre as amigas, a criança se sentia a única, mas hoje em dia podia-se dizer que era a regra, tantos casais separados! E sacudiam a cabeça, convictos: sobretudo não dê motivo fútil.

— Escuta, minha filha, você é uma mocinha, já deve saber as coisas.

Voltava à fórmula da mocinha. Agora era continuar, custasse o que custasse. Daria tudo para não viver jamais aquele instante. Pensou se não seria bom tomar antes um conhaque.

— Estive viajando sim, mas não é só por isso

que não estou morando mais com você. Agora, por exemplo, já cheguei e não vou dormir lá em casa.

— Onde é que você vai dormir?

— Noutro lugar — respondeu ele, evasivo: não pensava em dizer onde estava morando, ela poderia querer ir com ele.

— E quem é que vai dormir com a mamãe?

A pergunta apanhou-o desprevenido, sentiu-se jogado de súbito naquela atmosfera de ansiedade que precedera a separação.

— Me diga uma coisa, filhinha — ele não resistia, e se inclinava, ansioso, sobre a mesa, segurando a mão da filha: — Você disse que vem aqui sempre com sua mãe... Sozinha? Não vem ninguém mais com vocês?

A menina limitou-se a negar com a cabeça, sempre tomando o refresco.

— E lá em casa? Tem ido alguém visitar mamãe?

Desta vez ela sacudiu a cabeça afirmativamente.

— Quem?

Desgarrou os lábios da palha já amassada para responder.

— Vovó.

Ele chamou o garçom e pediu um conhaque. Voltou a acomodar-se na cadeira, perturbado. Não interessava! Tudo acabado para sempre. Agora restava contar para a filha:

— Sabe, filhinha, você já é uma... Bem, isso eu já disse. Quero dizer o seguinte: você sabe que papai gosta muito de sua mãe...

Antes de mais nada, deixar bem a mãe: era o

que também aconselhavam. Tomou de uma só vez o conhaque e prosseguiu:

— Sua mãe é muito boa, sabe? Muito boa mesmo, gosta muito de você, você deve ser muito obediente e boazinha para ela.

Não, não era isso. Precisava dizer logo, ou não diria nunca:

— Papai gosta dela e ela de papai. Mas acontece, sabe? que ela é muito diferente do papai, gosta de uma coisa, papai de outra...

Motivo fútil. O que não seria motivo fútil?

— Bem, eu e sua mãe gostamos muito um do outro mas eu andava muito cansado, trabalhando o dia todo, sua mãe muito nervosa, nós vivíamos discutindo.. brigando...

— Se gostam, por que é que brigam?

Foi a única vez que a menina o interrompeu. Dali por diante ficou calada olhando para outro lado, e ele prosseguiu como pôde, dizendo: ela não tinha uma amiguinha no colégio? não gostavam uma da outra? e de vez em quando não brigavam? Pois então? Com eles também era assim. E para viver junto era preciso não brigar nunca, era preciso ser muito bom um para o outro, era preciso...

— Minha filha, você não está me escutando.

— Estou sim, papai...

A menina terminara o refresco e agora riscava distraidamente a mesa com a palha umedecida.

— Que é que estou dizendo?

Ela voltou-se para ele:

— Está dizendo que você e mamãe vão separar.

Ele respirou fundo, num misto de angústia e alívio:

— Mas vou visitar vocês sempre...
— Eu sei.
— Posso levar você para passear.
— Sei.
— Posso...Posso...
Ela se levantou, puxando-o pela mão:
— Papai, me leva embora que já está ficando tarde.

— Minha filha — disse ele, confuso e comovido, e não resistiu, tomou-a no colo, abraçou-a com força, enquanto lágrimas lhe enchiam os olhos. Quis falar e as palavras se prenderam num engasgo. Um casal sentado ao fundo da confeitaria, mãos dadas sobre a mesa, voltou-se curiosamente para vê-lo. Ele depositou a menina no chão, sem que ela oferecesse resistência. Chamou o garçom, pagou, reteve a filha:

— Olha, você está esquecendo os bombons.

Saíram, e a menina o conduzia pela mão, como a um cego.

A PRIMEIRA VALSA

Na hora de dar o laço na gravata, ele começou a fazer caretas em frente ao espelho:

— Não quero me irritar — ordenou a si mesmo, categórico.

Havia muito tempo que não se vestia a rigor, sentia-se desajeitado dentro do *smoking*.

— Não tenho mais jeito para essas coisas — resmungou.

Ainda bem que não se usava mais aquele colarinho duro de antigamente, com um botão pontiagudo que era de ouro mas deixava azinhavre no pescoço: de súbito o colarinho saltava como num filme de Carlito. Hoje em dia usa-se camisa comum, gravata de laço feito. Grande invenção, devia ter comprado uma.

— Estamos atrasados, minha filha?

A jovem se acomodou a seu lado no carro, envolta no primeiro vestido de baile, radiante e emocionada como uma noiva. Tinham de chegar mais cedo por causa dos retratos de formatura.

Várias moças já se espalhavam pelo salão, nos seus vestidos de cisne, em companhia dos pais. O fotógrafo, cumprida a maior parte de sua tarefa, abordou os recém-chegados:

— Fiquem aqui, por favor. Assim. O senhor também: um pouco para trás.

Mais essa: devia ter escanhoado a barba. Era um retrato seu que ela guardaria para sempre.

Aquiesceu, formalizado como um menino. Pai e filha se imobilizaram, já com ar de retrato antigo, o fotógrafo veio ainda ajeitar o rosto dela, um pouco de lado, e o dele, erguendo a cabeça pelo queixo:

— Isso! Agora um sorriso. Ótimo. Uma dúzia? Fica mais em conta.

O que lhe sobrava no bolso daria para tomar um uísque ali na mesa do bar, enquanto aguardava o momento da primeira valsa.

Muito mais solene do que imaginara. As diplomandas, eretas e contidas no branco dos vestidos, subiam em bando, num andar cuidadoso como se pisassem em ovos, e ficavam lá em cima no balcão nobre. Pais e mães aqui embaixo esperando, sorriso contrafeito, solenemente agrupados. Ao redor, os jovens — irmãos, noivos, namorados —, também entalados em seus *smokings,* aguardavam, excitados, simulando displicência. Cada moça era chamada pelo microfone e vinha descendo lentamente, para deter-se à entrada do salão, tensa e palpitante de expectativa. O pai se adiantava, como um fidalgo em festa imperial, num gesto nobre lhe oferecia o braço e trazia-a para o centro, aguardando que a orquestra iniciasse o baile.

Quando chegou a sua vez, ao ver a filha surgir no alto da escada, radiante de juventude, bela como uma gravura antiga, não resistiu e em dois ou três lances de degrau subiu a buscá-la, quebrando o protocolo. Depois de beijá-la na fronte, veio descendo com ela de mãos dadas — o que foi mais tarde festejado com admiração:

— Achei bárbaro, papai: você fez tudo errado.

Durante a valsa, o que antes lhe parecia simples e fácil, de súbito se tornou grave e comovente: também estava vivendo um grande momento de sua vida — descobriu então, surpreendido. Ela era a mais linda e inteligente de todas, a sua filha — procurava com os olhos alguém que os admirasse. Ele era talvez o mais jovem dos pais. Acabou encontrando um pai que dançava tão mal quanto ele:

— Eu também não sei direito — justificou-se o outro, com um sorriso contrafeito, disfarçando como ele no meio do salão.

Depois vieram outras valsas, e agora pais e mães dançavam juntos, as jovens com seus namorados. Sozinho, ele regressou à sua mesa, pensativo, enquanto a filha se distraía na sua primeira festa. Lembrava-se de outra festa semelhante, anos atrás. Aborrecido, pediu mais um uísque.

Depois levou-a para casa, exausta de entusiasmo e langor. Depois foi tomar uma cerveja no botequim da esquina, gravata já desatada, odiando o *smoking* encalorado. Depois foi dormir, justificado e feliz.

O AGRÔNOMO SUÍÇO

O poeta estava calmamente no bar, tomando um aperitivo, quando lhe telefonaram.

Quem o chamava era eu. O poeta não tem telefone em casa e durante vários dias eu o vinha procurando: a menos que me tivesse enganado, ele sabia de um amigo seu que conhecia um agrônomo suíço, interessado em administrar fazendas. Ora, outro amigo meu, a quem dei conhecimento da existência desse suíço, me disse que estava precisando exatamente de uma pessoa assim. E me pediu que conseguisse maiores informações com o poeta.

No bar, àquela hora, fazia um barulho infernal. O poeta veio ao telefone e mal conseguiu ouvir o meu nome:

— Quem?

— Eu, rapaz! Então não está conhecendo a minha voz?

— Eu quem?

Levou uns bons cinco minutos para descobrir com quem estava falando. Talvez já tivesse tomado mais de um aperitivo, é possível.

— Que houve? Aconteceu alguma coisa?

Eu mal conseguia escutá-lo e ele não me ouvia de todo:

— Você se lembra daquele agrônomo que um conhecido seu...

— Daquele o quê?

— Daquele AGRÔNOMO!

— Você está enganado, não conheço ninguém com esse nome.

— Eu nem falei ainda o nome dele! É um suíço.

— Luís?

— SUÍÇO! Você um dia me falou...

— Não conheço nenhum Luís. Eu estava pensando que você...

— Fale mais alto! Sua voz está sumindo.

— Não, estou por aí mesmo... Você é que anda sumido.

Respirei fundo e voltei à carga:

— Eu sei que você não conhece o suíço. Um conhecido seu é que conhece.

— Escuta, que brincadeira é essa? Eu estava aqui tomando o meu uísque...

— Desculpe incomodá-lo no bar, mas você não tem telefone em casa...

— Não tem importância. Só que está parecendo brincadeira. Entendi você falar num suíço...

— Isso!

— Isso? Ah, eu tinha entendido *suíço,* imagine.

— Pois é isso mesmo, quer dizer: é suíço mesmo. O homem está em cima de mim para arranjar...

— Que homem? Não estou entendendo nada, muito barulho aqui.

— Um amigo meu, você não conhece. Está precisando de um agrônomo para a fazenda dele.

— Fazendo o quê?

Perdi a paciência:

— Olha, telefona para minha casa amanhã de manhã, está bem?

Mas o poeta agora estava interessado:

— Não precisa se zangar! Aconteceu alguma coisa com você?

— Conversar com bêbado dá é nisso.

— Você está bêbado?

— Bêbado está você, essa é boa!

— Espera! Entendi direitinho você falar que estava bêbado. Deve ser o barulho. Espera um pouco.

Ouvi pelo fone sua voz para os que o rodeavam:

— Vocês aí, querem fazer o favor de falar um pouco mais baixo? Um amigo meu está em dificuldades, e eu não escuto nada.

De novo para mim:

— Alô! Pode falar agora que estou ouvindo perfeitamente. Você está precisando de alguma coisa?

— Estou: que você me telefone amanhã de manhã.

E desliguei.

No dia seguinte era ele quem me procurava:

— Você talvez não se lembre, mas ontem eu estava calmamente no bar, tomando um aperitivo, quando você me telefonou no maior pileque para me contar que estava sendo perseguido por um sujeito chamado Luís. Que você quis dizer com isso?

— Isso, não: *suíço* — arrematei.

O PIOR DA MORTE

Acabou indo viver na menor cidadezinha do Espírito Santo. Tão pequena — não tinha ao menos uma casa funerária: os que morriam eram envoltos num lençol ou metidos num saco e levados como uma trouxa para o cemitério. Aquilo é que o alarmava: morrer sem ao menos um caixão para descansar os ossos.

Entrou a emagrecer. Temendo a morte, decidiu fazer um caixão — já que nenhum carapina local se dispunha: bobagem! caixão para quê? gastar dinheiro à toa — ninguém aqui não tem nem onde cair morto!

Comprou ferramentas, encomendou as tábuas: corta daqui, prega dali, deu por pronto o caixão. Não ficou trabalho de primeira; coisa tosca, de madeira nua — para quem é, bacalhau basta.

Um vizinho agoniado veio lhe bater à porta: a patroa tinha morrido, não podia ser enterrada assim sem mais nem menos.

— Sem mais nem menos como?

— Assim jogada na terra feito um bicho.

— Enrola num lençol.

— Dizem que o senhor tem um caixãozinho bem maneiro aí no porão.

— Para mim, meu velho.

— O senhor, tão forte, não morre tão cedo.

Irritava-se, porque sabia que ia acabar cedendo.

— Pra que esse luxo agora? Vocês nunca tiveram disso.

Acabou cedendo. Não tinha importância, faria outro.

Não contava é que se repetisse tão rapidamente. Ainda bem não havia acabado de bater o último prego, aparecia alguém:

— A mulher do Zuza. Ela merece.

— Que é que eu tenho com a mulher do Zuza?

— Só emprestado. Depois a gente devolve.

— E eu sou lá homem de me enterrar em caixão usado?

Cedeu mais uma vez. Fruto de seu trabalho e da sua previdência! Pacientemente encetou a feitura de outro.

Desta vez ainda não havia nem terminado a tampa:

— É para o Jorge Turco, o senhor compreende.

— Não compreendo nada. Além do mais, falta a tampa.

— Vai assim mesmo. Gordo daquele jeito, não dava mesmo para tampar.

— O Jorge Turco não cabe no meu caixão.

— Com jeito vai. Questão de caridade! A gente espreme um pouco enquanto não está duro.

Depois disso cedeu outro ainda, mais caprichado, que tentara fazer às escondidas. Para a Dona Edwildes, tão pequena, tão sequinha, desperdício: um caixão desse tamanho.

— É a última vez — decidiu.

Ganhara prática. Refugando insinuações de que se tornasse logo em fabricante para atender ao consumo local, construiu um caixão de primeira para uso próprio. Caprichou nos arremates, forrou de cetim roxo, pediu a uma prima da capital que lhe mandasse a fita dourada e as alças de metal. Fez até um pequeno coxim de veludo para repousar a cabeça:

— Deixa estar que este ficou uma belezoca.

Batiam-lhe à porta:

— A avó do Tonho está morre não morre.

— A avó do Tonho que vá para o inferno.

— É pequeno para o senhor. Serve para a velha direitinho.

— Pequeno? Sob medida!

E arrematava, categórico:

— Para me tomar este caixão, só passando por cima do meu cadáver.

De vez em quando, para experimentar, estendia-se dentro do caixão:

— Eta caixãozinho bom!

Circunstâncias benfazejas o afastaram daquela cidadezinha do Espírito Santo. Impossibilitado de levar consigo o caixão, deixou-o com relutância para a avó do Tonho, morre não morre. Onde quer que seja, lastima a obra perdida: caixão como aquele, nunca mais! Desgostoso, começa a perceber que o pior da morte é esperar por ela.

CEM CRUZEIROS A MAIS

Ao receber certa quantia num guichê do Ministério, verificou que o funcionário lhe havia dado cem cruzeiros a mais. Quis voltar para devolver, mas outras pessoas protestaram: entrasse na fila.

Esperou pacientemente a vez, para que o funcionário lhe fechasse na cara a janelinha de vidro:

— Tenham paciência, mas está na hora do meu café.

Agora era uma questão de teimosia. Voltou à tarde, para encontrar fila maior — não conseguiu sequer aproximar-se do guichê antes de encerrar-se o expediente.

No dia seguinte era o primeiro da fila:

— Olha aqui: o senhor ontem me deu cem cruzeiros a mais

— Eu?

Só então reparou que o funcionário era outro.

— Seu colega, então. Um de bigodinho.

— O Mafra.

— Se o nome dele é Mafra, não sei dizer.

— Só pode ter sido o Mafra. Aqui só trabalhamos eu e o Mafra. Não fui eu. Logo. . .

Ele coçou a cabeça, aborrecido:

— Está bem, foi o Mafra. E daí?

O funcionário lhe explicou com toda urbanidade que não podia responder pela distração do Mafra:

— Isto aqui é uma pagadoria, meu chapa. Não posso receber, só posso pagar. Receber, só na recebedoria. O próximo!

O próximo da fila, já impaciente, empurrou-o com o cotovelo. Amar o próximo como a ti mesmo! Procurou conter-se e se afastou, indeciso. Num súbito impulso de indignação — agora iria até o fim — dirigiu-se à recebedoria.

— O Mafra? Não trabalha aqui, meu amigo, nem nunca trabalhou.

— Eu sei. Ele é da pagadoria. Mas foi quem me deu os cem cruzeiros a mais.

Informaram-lhe que não podiam receber: tratava-se de uma devolução, não era isso mesmo? e não de pagamento. Tinha trazido a guia? Pois então? Onde já se viu pagamento sem guia? Receber mil cruzeiros a troco de quê?

— Mil não: cem. A troco de devolução.

— Troco de devolução. Entenda-se.

— Pois devolvo e acabou-se.

— Só com o chefe. O próximo!

O chefe da seção já tinha saído: só no dia seguinte. No dia seguinte, depois de fazê-lo esperar mais de meia hora, o chefe informou-lhe que deveria redigir um ofício historiando o fato e devolvendo o dinheiro.

— Já que o senhor faz tanta questão de devolver.

— Questão absoluta.

— Louvo o seu escrúpulo.

— Mas o nosso amigo ali do guichê disse que era só entregar ao senhor — suspirou ele.

— Quem disse isso?

— Um homem de óculos naquela seção do lado de lá. Recebedoria, parece.

— O Araújo. Ele disse isso, é? Pois olhe: volte lá e diga-lhe para deixar de ser besta. Pode dizer que fui eu que falei. O Araújo sempre se metendo a entendido!

— Mas e o ofício? Não tenho nada com essa briga, vamos fazer logo o ofício.

— Impossível: tem de dar entrada no protocolo.

Saindo dali, em vez de ir ao protocolo, ou ao Araújo para dizer-lhe que deixasse de ser besta, o honesto cidadão dirigiu-se ao guichê onde recebera o dinheiro, fez da nota de cem cruzeiros uma bolinha, atirou-a lá dentro por cima do vidro e foi-se embora.

O DIA DA CAÇA

A caçada estava marcada para as sete horas. Desde as seis, porém, Paulo e eu já estávamos de pé, aguardando a chegada de Seu Chico Caçador.

— Seu Chico vai trazer as espingardas?

— Vai. E cachorro também.

— Cachorro? Para que cachorro?

Olhei com pena meu companheiro de aventura:

— Onde você já viu caçada sem cachorro, rapaz?

— Ele disse que hoje vai ser só passarinho.

— Passarinho para ele é codorna, macuco, essas coisas. . .

Em pouco chegava Seu Chico, todo animado:

— Tudo pronto, meninos?

De pronto só tínhamos o corpo. Seu Chico trazia atravessadas às costas duas espingardas de caça e usava um gibão de couro, uma cartucheira, vinha todo fantasiado de caçador. Ao seu redor saracoteava um cachorro:

— O melhor perdigueiro destas redondezas.

Na varanda da fazenda, Seu Chico se pôs a encher os cartuchos, meticulosamente, usando para isso uns aparelhinhos que trouxera, um saquinho de pólvora, outro de chumbo:

— Vai haver codorna no almoço para a família toda — dizia, entusiasmado.

Despedimo-nos comovidos da família e partimos através do pasto. Seu Chico, compenetrado, ia dando instruções, procurando impressionar:

— Parou, esticou o corpo, endureceu o rabo? Tá amarrado. É só esperar o bichinho voar e tacar fogo!

— Seu Chico, nós não vamos passar perto daquele touro, vamos?

— Aquele touro é uma vaca.

A vaca levantou a cabeça e ficou a olhar-nos, na expectativa.

— Por via das dúvidas, me dá aí essa espingarda.

Fomos passando com jeito perto da vaca.

— Bom dia — disse eu.

— Buu — respondeu ela.

Ao sopé do morro o cachorro se imobilizou.

— É agora! Me dá áqui a espingarda!

— Fiquem quietos — comandou Seu Chico, num sussurro.

— Que foi, Seu Chico? Não estou vendo nada. . .

Alguma coisa deslizou como um rato por entre o capim rasteiro, levantou vôo espadanando as asas.

— Fogo! Fogo!

Paulo atirou na codorna, eu atirei em Seu Chico.

— Cuidado!

— Que bicho é esse?

Seu Chico suspirou, resignado:

— *Era* uma codorna. Não tem importância... Olha, quando atirar outra vez, vira o cano pro ar. O chumbo passou tinindo no meu ouvido.

No ar ficaram apenas duas fumacinhas. Fomos andando, Seu Chico carregou novamente nossas espingardas. Assim que o cachorro se imobilizava, ficávamos quietos, farejando ao redor, canos para o ar.

— Vira isso pra lá!

— Agora! Fogo!

Mal tínhamos tempo de ver uma coisa escura desaparecer no céu, como um disco voador.

— Assim também não vai, Seu Chico. Não dá tempo...

— Me dá aqui essa espingarda. Deixa eu matar a primeira para mostrar como é que é.

Andamos o dia todo pelo pasto. Nada de caça.

— Nem ao menos uma codorninha — suspirava Seu Chico, quando o sol começou a dobrar o céu. — Tem dia que eu mato mais de quinze macucos.

Andando, subindo morro, saltando cerca, atravessando valas, pisando em barro, escorregando no capim. O estômago começou a doer.

— Seu Chico, o melhor é a gente desistir. Estamos com fome.

— Hoje no jantar vocês comem perdiz. Ou eu desisto de ser caçador.

Sua honra estava em jogo. A tarde avançava e Seu Chico perscrutando o pasto, açulando o cachorro. Paulo, sentado num toco — desistira de andar: tirara o sapato e coçava o dedão do pé. Resolvi também fazer uma parada para caçar carrapatos. Seu Chico desapareceu numa dobra do terreno. De repente, pum! pum! — era o caçador solitário. Teria acertado desta vez? A vaca de novo. Vinha vindo pachorrentamente pela picada aberta por ela própria.

— Cuidado, Paulo! — preveni. — Olha a vaca.

Paulo se voltou para a vaca, que já ia passando ao largo:

— Buuu! — fez com desprezo.

A vaca se deteve, voltou-se nos flancos e de súbito disparou num pesado galope em sua direção. Paulo deu um salto, abriu a correr, passou por mim como um raio:

— Foge! Foge!

Atrás de nós a terra estremecia e a vaca bufava, escarvando o chão com as patas.

— Seu Chico! Socorro!

Em poucos minutos e aos saltos, escorregadelas, trambolhões, cruzamos o terreno que leváramos toda a manhã a conquistar. Já na porteira da fazenda, nos voltamos para ver a vaca, que ficara para trás, entretida com uma touceira de capim.

— Devo ter falado algum palavrão em língua de vaca.

Em pouco regressava Seu Chico, cabisbaixo, desmoralizado, quase chorando:

— Errei até em anu.

Procuramos consolá-lo:

— Um dia é da caça e outro do caçador, Seu Chico.

Deixou conosco as espingardas e foi-se pelo pasto mesmo, evitando a fazenda e o opróbrio aos olhos dos moradores. Paulo e eu nos coçávamos, sentados no travão da cerca, quando ambos demos um grito:

— Epa! Que é aquilo?

— Você viu?

Uma caça, uma caça enorme! Um gigantesco galináceo que ao longe ganhava o morro em disparada, sumindo ali, surgindo lá — uma cegonha?

— Cegonha nada! Uma avestruz!

Saímos como loucos em perseguição da avestruz. Nas fraldas do morro disparamos o primeiro tiro.

— Socorro! — berrou a avestruz.

Deu um salto e abriu fuga com suas pernocas longas, morro acima. Ah, se Seu Chico nos visse agora!

— Pum!

— Socorro!

E a ave pernalta fugia espavorida, escondendo-se na vegetação. Íamos no seu encalço, implacáveis.

— Pum! — trovejava a espingarda.

— Não! Não! — implorava a avestruz na sua fuga, largando penas pelo caminho.

A noite veio surpreender-nos do outro lado do morro, já às portas da cidade. Voltamos para a fazenda estropiados, roupas rasgadas, sapatos pesados de barro. Fomos recebidos com alegre expectativa:

— E então? Caçaram alguma coisa?

— Com Seu Chico, nem um passarinho. Mas depois que ele foi embora quase apanhamos uma caça esplêndida, uma avestruz deste tamanho...

O dono da fazenda pôs as mãos na cabeça:

— Minha siriema, que eu mandei vir da Argentina! Imagine o susto da coitadinha!

Embarafustamo-nos pela cozinha, completamente derrotados.

— Que vamos ter hoje no jantar? — perguntei à cozinheira.

— Galinha ao molho pardo.
— Já matou?
— Não.
Empunhei a espingarda com decisão e voltei-me para o galinheiro, mas Paulo cortou-me os passos:
— Não faça isso! O crime não compensa.
E propôs que na manhã seguinte saíssemos para caçar borboletas.

MATAR OU MORRER

O filho mais novo não tem seis anos ainda, mas quis sair no carnaval fantasiado de mocinho, no que foi prontamente atendido. Mal sabia o pai que o império da lei era a paixão dos fortes, e que os brutos também amam para matar ou morrer: chapéu de *cowboy* à cabeça, jaleco de couro, lenço ao pescoço e distintivo de xerife ao peito, com dois revólveres maiores do que ele às ilhargas, o vingador saiu batendo esporas pela rua no mais rigoroso estilo Gary Cooper, levado pela mão do pai. Andou pelo bairro, metido na multidão de foliões, mas sem ver nada nem achar graça em coisa nenhuma, porque sua missão era surpreender o bandido depois do assalto à diligência, para o duelo de titãs.

Foi na confeitaria que o bandido apareceu. O vingador sentara-se com o pai numa das mesas e em meio à confusão de cordões, serpentinas e confetes, perninhas balançando no ar e distraído de sua missão, tomava uma coca-cola com canudinho. Cometera, porém, o imperdoável descuido de sentar-se de costas para a porta, sem ao menos um espelho do qual pudesse controlar o movimento, para ser o primeiro a sacar do revólver quando chegasse o instante fatal.

Ao erguer os olhos, deu com o facínora diante de si, a cara oculta até os olhos por um lenço preto. Antes que pudesse esboçar qualquer gesto de defesa, o bandido apontou-lhe o revólver, pum! pum! deu dois tiros com a boca e se escafedeu.

Apanhado de surpresa, pulou da cadeira, deixando entornar a coca-cola, e tentou ainda sacar dos revólveres, que se haviam engastalhado no coldre. E os seus davam tiro mesmo, de espoleta, não eram como os do outro, sem munição. Mas agora o bandoleiro já havia fugido, provavelmente pulando em seu cavalo e deixando a cidade a galope numa nuvem de poeira. O pai, distraído a observar um bloco de fantasiados lá na rua, espantou-se com o movimento:

— Que foi, meu filho?

— O bandido — choramingou o menino: — Me pegou à traição... Isso não vale. Ele me matou, você não viu?

— Matou como? Você está vivo aí.

— Ora, papai — e o menino pôs-se francamente a chorar. O pai se compenetrou:

— Vi sim! Ele estava de preto, mascarado, te pegou à traição. Mas isso não fica assim. Você ainda pega ele.

— Ele me matou — e o menino foi para casa pela mão do pai, inconsolável.

No dia seguinte o pai deu sozinho uma volta pelo bairro até localizar o bandido: era um rapazinho de doze anos, todo animado, brincando no meio de uma roda. Chamou-o:

— Você ontem foi matar meu filho, não é?

O rapazinho arregalou os olhos:

— Matar seu filho?

— Ali na confeitaria: foi você mesmo, não adianta negar. Você estava com esse lenço preto aí no pescoço tapando a cara. Entrou lá e puxou o revólver, fez pum! pum! à traição, ele estava de costas, não te viu entrar.

— Não fiz por mal — balbuciou o rapazinho, já meio atemorizado: — Juro ao senhor, foi de brincadeira...

— É, mas para ele foi a sério. Agora você vai ter paciência, mas isso não fica assim não. Depois te pago um sorvete, tá?

E foi em casa buscar o filho. O cowboyzinho veio andando meio ressabiado, olhando para os lados, temeroso de uma cilada: não estou gostando nada deste silêncio, diria certamente, entrando com cautela na cidade deserta, a caminho do *saloon.* Em verdade a rua ia animada e barulhenta, em plena celebração do carnaval. O garotinho se atropelava em meio à multidão de pernas, para acompanhar os passos determinados do pai. Instalaram-se afinal na confeitaria, como no dia anterior:

— Cuidado, que o bandido pode aparecer de uma hora para outra.

De súbito, o bandido pôs a cara mascarada na porta, começou a fazer gatimonhas, para atrair atenção.

— Olha ele ali, papai! — e o menino saltou da cadeira, sacando os dois revólveres ao mesmo tempo. O celerado procurou refugiar-se atrás das outras mesas, mas ele, implacável, fulminou-o com dois tiros, em certeira pontaria. O bandido só fez cambalear, dar alguns passos, vacilar sobre as pernas e finalmente tombar no chão, revirando os olhos.

— Bravos! — saudou o pai, abraçando o filho: — Estamos vingados. Vamos embora?

O menino, de novo vingador da sociedade, fez uma careta amarga, e olhou ao redor em desafio, enquanto repunha as armas no coldre. À saída, quis ainda chutar a cara do homem mau, morto a seus pés. O pai não deixou.

A QUEM TIVER CARRO

O carro começou a ratear. Levei-o ao Pepe, ali na oficina da Rua Francisco Otaviano:

— Pepe, o carro está rateando.

Pepe piscou um olho:

— Entupimento na tubulação. Só pode ser.

Deixei o carro lá. À tarde fui buscar.

— Eu não dizia? Defeito na bomba de gasolina.

— Você dizia entupimento na tubulação.

— Botei um diafragma novo, mudei as válvulas.

Estendeu-me a conta: de meter medo. Mas paguei.

— O carro não vai me deixar na mão? Tenho de fazer uma viagem.

— Pode ir sem susto, que agora está o fino.

Fui sem susto, a caminho de Itaquatiara. O fino! Nem bem chegara ao Tribobó o carro engasgou, tossiu e morreu. Sorte a minha: mesmo em frente ao letreiro de "Gastão, o Eletricista".

— Que diafragma coisa nenhuma, quem lhe disse isso? — e Gastão, o Eletricista, um mulatão sorridente que consegui retirar das entranhas de um caminhão, ficou olhando o carro, mãos na cintura: —

O senhor mexeu na bomba à toa: é o dínamo que está esquentando.

Molhou uma flanela e envolveu o dínamo carinhosamente, como a uma criança.

— Se tornar a falhar é só molhar o bichinho. Vai por mim, que aqui no Tribobó quem entende disso sou eu.

Nem no Tribobó: o carro não pegava de jeito nenhum.

— Então esse dínamo já deu o prego, tem de trocar por outro. Não pega de jeito nenhum.

Para desmenti-lo, o motor subitamente começou a funcionar.

— Vai morrer de novo — augurou ele, e voltou a aninhar-se no seu caminhão.

Resolvi regressar a Niterói. À entrada da cidade a profecia do capadócio se realizou: morreu de novo. Um chofer de caminhão me recomendou o mecânico Mundial, especialista em carburadores — ali mesmo, a dois quarteirões. Fui até lá e em pouco voltava seguido do Mundial, um velho compenetrado arrastando a perna e as idéias:

— Pelo jeito, é o carburador.

Olhou o interior do carro, deu uma risadinha irônica:

— É lógico que não pega! O dínamo está molhado!

Enxugou o dínamo com uma estopa: o carro pegou.

— Eu se fosse o senhor mandava fazer uma limpeza nesse carburador — insistiu ainda: — Vamos até lá na oficina. . .

Preferi ir embora. Perguntei quanto era.

— O senhor paga quanto quiser.

Já que eu insistia, houve por bem cobrar-me quanto ele quis.

Cheguei ao Rio e fui direto ao Haroldo, no Leblon, que me disseram ser um monstro no assunto:

— Carburador? — e o Haroldo não quis saber de conversa: — Isso é o platinado, vai por mim.

Cutucou o platinado com um ferrinho. Fui-me embora e o carro continuava se arrastando aos solavancos.

— O platinado está bom — me disse o Lourival, lá da Gávea: — Mas alguém andou mexendo aqui, o condensador não dá mais nada. O senhor tem de mudar o condensador.

Mudou o condensador e disse que não cobrava nada pelo serviço. Só pelo condensador.

No dia seguinte o carro se recusou a sair da garagem.

— Não é o diafragma, não é o carburador, não é o dínamo, não é o platinado, não é o condensador — queixei-me, deitando erudição na roda de amigos. Todos procuravam confortar-me:

— Então só pode ser a distribuição. O meu estava assim...

— Você já examinou a entrada de ar?

— Para mim você está com vela suja.

E recomendavam mecânicos de sua preferência:

— Tem uma oficina ali na Rua Bambina, de um velho amigo meu.

— Lá em São Cristóvão, procure o Borracha, diga que fui eu que mandei.

— O Urubu, ali do posto 6, dá logo um jeito nisso.

Não procurei o Urubu, nem o Borracha, nem o Zé Pára-Lama, nem o Caolho dos Arcos, nem o Manquitola do Rio Comprido, nem o Manivela de Voluntários, nem o Belzebu dos Infernos: esqueci o automóvel e fui dormir. Pela minha imaginação desfilava um lúgubre cortejo de tipos grotescos, sujos de graxa, caolhos, pernetas, manetas, desdentados, encardidos, toda essa fauna de mecânicos improvisados que já tive de enfrentar, cuja perícia obedece apenas à instigação da curiosidade ou à inspiração do palpite, que é a mais brasileira das instituições.

Mas pela manhã me lembrei de um curso que se anuncia aconselhando: "Aprenda a sujar as mãos para não limpar o bolso". Resolvi candidatar-me — e quem tiver ouvidos para ouvir, ouça, quem tiver carro para guiar, entenda.

Fui à garagem, abri o capô, e fiquei a olhar intensamente o motor do carro, fria e silenciosa esfinge que me desafiava com seu mistério: decifra-me, ou devoro-te. Havia um fio solto, coloquei-o no lugar que me pareceu adequado. Mas não podia ser tão simples...

Era. Desde então, o carro passou a funcionar perfeitamente.

COMPOSITOR

Vestiu um *short* e sentou-se ao piano para trabalhar. Tão logo bateu a primeira nota, o menino veio correndo:

— Papai, posso ligar a televisão?

Parecia ter acordado toda a casa, até então mergulhada na modorra da tarde. A mulher chegava da rua com estardalhaço, trazendo as compras para o jantar. O telefone tocava — a filha mais velha saltou da varanda, veio correndo atender. Os dois homens que colocavam o tapete na outra sala, e que costuravam sentados no chão como dois árabes, puseram-se a esticá-lo, batendo pregos nos cantos. Na cozinha as duas empregadas destamparam uma discussão.

Pegou o violão e passou à varanda. A filha voltava do telefone:

— Toca aquela modinha, toca.

— Estou trabalhando, minha filha.

O outro filho o chamava lá do quarto, às voltas com os deveres do colégio:

— Papai, qual é o feminino de ateu?

— Atoa.

Largou o violão na cadeira e foi trancar-se no

banheiro. A frase musical se perdera, não havia mais jeito. Olhou-se demoradamente ao espelho: rugas, a barba grisalha repontando. Mostrou os dentes: sarro de cigarro. Bochechas: estaria engordando? Muita cerveja, talvez. Testa vincada, olhos cansados... Moço ainda, que diabo. Olhou-se de perfil: eh, nariz.

Desanimado, sentou-se na beirada da banheira, ficou mirando a própria barriga, que formava duas pequenas pregas sobre o *short:* é isso, fazer uma ginasticazinha de vez em quando, cadê tempo? Correu os olhos em torno: o pente da menina cheio de cabelo, batom destampado. A cortina do chuveiro meio encardida, já estava precisando trocar. O ralo entupido, areia da praia, será que esses meninos não aprendem? Papel pendente do rolo como uma língua, arrastando-se no chão. Tornou a enrolá-lo meticulosamente: não sabem que custa dinheiro, puxam com força, mais de um metro de cada vez.

Pois ali estava ele, um pai: já meio barrigudo, cônscio de suas responsabilidades de chefe de família, compositor conhecido — como era mesmo? Dó sustenido?

Feminino de ateu — atéia, talvez. Atéia, ateu. O pai do filho do Zebedeu?

— Tem gente — resmungou.

— Mamãe está te chamando — era a voz da filha mais velha.

A mãe ralhava com o menorzinho. Saiu a ver o que era.

— Ele estava metendo uma porção de pregos no tapete, olha aí.

Agarrou o menino pelos ombros, deu-lhe umas sacudidelas:

— Para você aprender.

O menino largou o martelo e saiu chorando. No tapete vários pregos batidos em alinhamento irregular. Os dois homens se voltaram:

— Não foi o menino não: nós é que pregamos. Para segurar o tapete no lugar.

Procurou o menino por toda a casa. Foi encontrá-lo escondido atrás do armário:

— Vem cá, meu filho.

— Você me bateu, eu não fiz nada.

— Você estava fazendo o quê com o martelo? Eu não sabia. Pare de chorar, venha cá.

— Só se você me pedir desculpa.

— Está bem, desculpe.

A filha cortou-lhe o caminho, abraçando-o no corredor:

— Papai, deixa eu ir à sessão das seis?

O outro filho berrava lá do quarto:

— Assim eu não posso estudar! Roubaram minha caneta!

— Então me dá dinheiro — a filha pediu.

Deteve-se diante do piano, bateu uma nota: dó sustenido. A mulher veio lá da cozinha:

— Olha, você quer saber de uma coisa? Esta empregada não tem jeito mesmo, só despedindo.

Ele apanhou a camisa largada na cadeira.

— Você vai sair? Está quase na hora do jantar.

— Um instante só: comprar cigarro.

De passagem beijou a mulher no rosto e saiu, foi até o bar da esquina tomar uma cerveja.

FRASES CÉLEBRES

Cada um citava a sua, até esgotar o repertório, ver quem ficava por último. Participavam da brincadeira o banqueiro, o colunista social e a vedete. Coube ao banqueiro começar:

— Cheguei, vi e venci — despejou ele.

— Venceu como? — protestou o colunista. — O jogo nem começou!

— Pois é isso mesmo — tornou o banqueiro: — Estou citando.

— Citando o quê?

— Uma frase de César.

— Ah, eu não tinha ouvido bem.

— Assim não vale — exclamou a vedete: — Tem de dizer tudo: a frase e o nome todo do autor. Isso é de que César? Ladeira ou de Alencar?

O banqueiro fez um gesto de enfado:

— Vocês também não sabem nada de história, como é que pode? É do César mesmo, o imperador romano.

— Teve mais de um — disse o colunista, vindo em socorro da vedete: — Tem de dizer qual.

— Aquele dos raminhos na cabeça: o da Cleópatra.

— Júlio.

— Isso mesmo: Júlio César.

O colunista deu uma gargalhada, como se tivesse apanhado o banqueiro numa armadilha:

— Ora, vai me enganar! Quando é que Júlio César disse isso? Para começo de conversa, ele não falava português.

— Estou traduzindo, seu imbecil, ele falou foi em latim: veni veni veni, qualquer coisa assim.

— Veni veni veni não pode ser: então o que ele disse foi: cheguei cheguei cheguei?

A vedete protestou:

— Assim não dá certo. Vamos continuar senão nunca chega a minha vez. Já tenho a minha aqui na ponta da língua. Anda, fala a sua aí, bem.

O colunista limpou a garganta e falou solenemente:

— Ou o Brasil acaba com a saúva ou a saúva acaba com o Brasil.

— Quem é que falou isso?

O outro embatucou:

— Alguém falou.

— Não vale! — saltou a vedete: — Perdeu. Agora é a minha vez.

Ergueu o dedo no ar e declamou:

— Como é para o bem de todos e felicidade geral da nação diga ao povo que eu fico! Tiradentes.

O colunista estourou numa gargalhada:

— Tiradentes! Essa não, minha filha: Pedro Primeiro!

— Segundo — corrigiu o banqueiro.

— Ou Segundo, não interessa: o fato é que Tiradentes jamais disse isso.

— Então continuemos: é a minha vez — e o banqueiro fez uma cara muito sabida, ergueu as sobrancelhas, todo risonho: — Independência ou Morte! Pedro Primeiro mesmo.

— Não vale — atalhou a vedete.

— Não vale por quê? Você só sabe falar "não vale!" Tenho certeza de que foi ele.

— Pode ter sido, mas não é frase. Três palavras só!

— E você nunca viu frase de três palavras?

— Acho que ela tem razão — voltou o colunista: — Falta o verbo. Para ser frase tem de ter verbo, como é que se chama mesmo? Predicado. Tem de ter predicado!

Seu rosto se iluminou:

— É isso, meu velho! Onde já se viu frase sem predicado? Esta aí só tem sujeito.

— "Ou" é sujeito? — perguntou o banqueiro, aborrecido.

— O quê?

— Estou perguntando se "ou" é sujeito.

— Sei lá. Predicado é que não é.

— Pois então? — e o banqueiro ergueu os braços, desalentado.

— Vou dizer uma — o colunista fez uma pausa, marcando as palavras com o dedo no ar: — Deixai vir a mim as criancinhas. Vai dizer que essa não vale.

— Getúlio Vargas?

— Não: Jesus Cristo.

— Pois não vale mesmo — decidiu a vedete: — Dele tudo é célebre, a Bíblia inteirinha.

— Está bem, eu falo outra: Quem for brasileiro siga-me! Marechal Floriano Peixoto.

— Você tem certeza? — e o banqueiro o olhou, desconfiado: — Para mim quem falou isso foi um almirante qualquer aí, o Almirante Itararé, se não me engano.

— Foi Floriano mesmo: quando proclamou a República.

— Assim não brinco mais — interrompeu a vedete, amuada: — Vocês dois ficam só discutindo! Agora é a minha vez.

Pensou um instante, repetiu baixinho a frase para não errar e desfechou-a, triunfante:

— O Brasil espera que cada um cumpra o seu dever! Getúlio Vargas.

Os outros dois a olharam, admirados:

— É isso mesmo... Como é que não me ocorreu essa?

— Do Getúlio eu sei uma porção — acrescentou ela, triunfante.

Era a vez do banqueiro. Ele ficou pensando intensamente.

— Não me lembro mais de nenhuma, não — confessou, afinal.

— Se valesse frase minha mesmo, vocês iam ver só — secundou o colunista.

— Então eu ganhei — concluiu a vedete. — E ainda digo mais uma, de lambujem: e de Rui Barbosa, pra variar.

Antes que ela dissesse, porém, os três de súbito ficaram em silêncio, como surpreendidos por um acontecimento qualquer. Era Rui Barbosa, que acabava de dar duas voltas dentro do túmulo.

PARA INGLÊS VER

Tenho de ir a bordo de um navio inglês despedir-me de um amigo. Pois nada mais fácil: basta passar na Polícia Marítima e tirar a respectiva licença.

A Polícia Marítima é ali na estação rodoviária: pego o elevador e subo até lá. Encontro uma funcionária tranqüila e muito boazinha à minha espera. Está ali para isso, inteiramente às minhas ordens. É paga para servir-me.

— Desejo ir a bordo de um navio — explico.

— O senhor tem carteira de identidade?

Tenho: já fui fichado e sujei os dedos de tinta, como um criminoso qualquer — em Minas Gerais, já se vão alguns séculos. O retratinho positivamente é de outra pessoa: um jovem magro, de olhos assustados para a objetiva e para a vida.

A moça pega a minha carteira, olha, deixa em cima da mesa e então vai lá no fundo da sala consultar um sujeito, provavelmente o chefe dela. Ao fim de meia hora de consulta começo a perder a paciência e vou até lá para saber qual é o embaraço. Não há embaraço algum, me explicam com um sorriso, estamos apenas conversando.

— Escuta essa — diz o chefe, que é um sujeito jovial, pondo-me a mão no ombro.

Tenho de escutar, já com o riso engatilhado para qualquer eventualidade, a última do português.

— Não é boazinha?

— Ótima. Mas por falar nisso, o navio...

Outra anedota — quem conta desta vez é o funcionário magro que estava debruçado no balcão e que veio de lá muito lampeiro para renovar o repertório. Espero com paciência o final, um final idiota, para introduzir com jeito a minha humilde reivindicação:

— Vocês me desculpem, mas o navio vai partir...

— É isso mesmo, o navio — volta-se a moça, solícita: — Como é o nome?

— Do navio?

— Não, o seu.

Digo meu nome, ela toma nota num papelzinho, depois de vacilar um pouco: este nome não me é estranho... Já não sei por que diabo ela pediu minha carteira de identidade, que ficou lá, em cima da mesa.

— Agora o senhor tem de ir à Inspetoria.

Apanho a carteira, a papeleta que ela me estende, agradeço e saio. Ao fundo o chefe e o magrelo ficam trocando tapinhas, às gargalhadas.

A Inspetoria é na Avenida Rodrigues Alves. Precipito-me escada abaixo, saio correndo pela rua: daqui a pouco o navio vai mesmo sair, já estou ouvindo um apito. Na Inspetoria um velho mal-encarado examina o papelzinho, e, sem levantar os olhos, pergunta se trouxe o selo. Não, não trouxe, o senhor me desculpe mas eu não sabia que era preciso trazer selo.

O rapazinho da outra mesa espicha o pescoço: o senhor pode comprar ali na Alfândega, recomenda-me. Leve trocado: se não tiver, convém trocar antes no bar da Praça Mauá.

— Lá só vendem até as duas e meia — torna o velho: — O senhor tem de ficar esperto, são quase duas e meia.

Fico esperto, saio em disparada para comprar o selo, volto botando a alma pela boca.

— Agora tem de ir ao segundo andar, para o carimbo.

Subo ao segundo andar para o carimbo. Enfrento uma fila em frente ao guichê, porque parece que todo mundo do Rio de Janeiro resolveu vir tirar licença para entrar em navio.

— Licença para navio? Não é aqui não: ali no outro guichê.

No outro guichê não tem ninguém. Pergunto ao funcionário dependurado ao telefone quem é que vai carimbar essa joça — e lhe estendo o papel.

— Me dá aqui que eu mesmo carimbo.

Pega o papel e, sem largar o telefone, estende um braço quilométrico por entre a grade do guichê, apanha o carimbo, dá uma carimbada decidida.

— Pronto. Agora só falta a assinatura do inspetor.

Isso mesmo: eu ia me esquecendo do mais importante, que é justamente a assinatura do inspetor. Que é no primeiro andar. Saio trotando pelas escadas até o primeiro andar, conformado com a minha sorte: e se o inspetor tiver saído para tomar café? Melhor desistir do navio logo de uma vez, também por que diabo faço tanta questão de ir a bordo? Por que não me despedi de meu amigo ontem na casa dele?

Mas o inspetor está, parece até que à minha espera. Alegre, bonachão, nunca vi ninguém assinar um papel com tamanha rapidez:

— Pronto: com isso o senhor entra no navio que quiser.

Licença assinada, selada, carimbada e sacramentada, saio correndo debaixo do sol quente até o navio. Não, ainda não partiu: está lá me esperando, posso ficar tranqüilo.

E então, não fosse inglês o navio e ainda assim chegada é a hora de verificar a existência de alguma coisa feita para inglês ver: ninguém — absoluta, total, completa e definitivamente ninguém, nem inglês nem brasileiro — me pede que exiba qualquer espécie de licença para subir a bordo.

UM NARIZ EM BRUXELAS

Veio de Roma e se hospedou com seu amigo em Bruxelas. Dois brasileiros em Bruxelas — o que já é muito para a circunspecção bruxelenta dos habitantes da cidade. Acresce que ele estava com o nariz miseravelmente entupido. A horas tantas não agüentou mais:

— Vamos para sua casa, não quero ver mais nada.

— Pinga um descongestionante — aconselhou o outro.

— Já pinguei até enxofre, não adianta. Passo o dia cheirando este tubinho — e tirou do bolso um tubo de cheirar, exibiu-o. — Gastei mais de uma dúzia, estou viciado. Tenho a impressão de que meu nariz se fechou com cimento armado, nem posso mais dormir, fico com a garganta seca, rachada, de tanto respirar pela boca. Minha mulher já não me tolera, disse que nunca na minha vida ronquei tanto assim.

Foram para casa e o hóspede infeliz se estendeu no sofá, a gemer:

— Não agüento mais, eu quero morrer. Como é que os belgas se suicidam?

— Eles se suicidam desde que nascem. Morrem

de velhos. Já reparou como nesta terra não tem criança? Todo mundo é velho. Neste prédio onde moro tem um pediatra...

O outro saltou da cadeira:

— Um pediatra? Um médico, você quer dizer?

O dono da casa era mais prudente:

— A esta hora? Já passa de uma da manhã. Nem conheço o tal sujeito. É um homem de cara fechada, deve curar seus clientes de susto. Aliás, eu dizia, ele não tem clientes. O que ele tem...

— Vamos chamá-lo — e o hóspede se precipitou até a porta: — Em que andar ele mora?

O outro pensou um pouco, pesou e mediu as conveniências nas suas relações de vizinhança, afinal decidiu-se:

— Então vamos. Médico é para isso mesmo.

Foram acordar o médico, no sétimo andar. Tocaram em vão a campainha, ninguém vinha abrir. Buscaram então a *concierge,* uma velha mal-humorada que também dormia. Expuseram-lhe a situação, ela se dispôs com má vontade a chamar o médico pelo telefone interno. Em pouco voltava: o médico não estava, só a senhora dele, que também era pediatra. Ah, sim? Pois fala com a senhora dele, explique o caso, que é de vida ou de morte. Com licença, nós mesmos queremos explicar.

— Quem é o senhor? — perguntou a voz estremunhada da médica, do outro lado do fio.

O vizinho explicou como pôde a situação. O paciente lhe tomou o fone, como peixe fora d'água:

— Alô, minha senhora, o caso é o seguinte: se a senhora não der um jeito eu enlouqueço, eu morro, eu dou um tiro na cabeça. Já não posso nem falar direito, que dirá respirar.

— Onde é que o senhor mora?

— Em Roma.

— Como?

— Isto é, morar, morar mesmo, no Brasil.

— No Brasil?

— Mas estou aqui passando uns dias...

— Quantos anos tem a criança?

— Que criança?

— O paciente.

— Ah, sim! Vinte e sete anos.

— Vinte e sete anos?

— Quero dizer, vinte e oito. Na semana que vem faço vinte e oito. Na quarta-feira, precisamente.

Mais estupefata que propriamente interessada no caso, a médica resolveu descer ao andar de seu vizinho. Encontrou o presumível cliente estirado num sofá, um homenzarrão, nada parecido com as crianças que ela e seu marido estavam acostumados a atender. Dispôs-se afinal a examiná-lo, enquanto o dono da casa se esvaía num frouxo de riso:

— Abre as ventas, garotão.

Por via das dúvidas ela resolveu comunicar-se com o marido, naquele instante de plantão no hospital. Telefonou-lhe, expondo a situação.

— Onde é que você está? — ele insistia, sem entender.

— Na casa daquele vizinho nosso, o brasileiro. Aquele meio esquisito...

— A esta hora? Fazendo o quê?

— Atendendo um doente. Nariz entupido...

— Nariz entupido? Quantos anos tem a criança?

— Vinte e sete anos.

— Vinte e sete? — berrou o homem do outro lado, e foi ouvido por toda a sala.

— Isto é, vinte e oito: faz vinte e oito na quarta-feira que vem.

— Saia já daí! — ordenou o marido.

Ela não esperou segunda ordem: desligou o telefone e saiu correndo.

No dia seguinte os dois amigos resolveram que seria bem mandar umas flores à mulher, a título de agradecimento. Mas a fúria do marido ao telefone os arrefeceu.

Mesmo porque, ela não fizera por merecer — o nariz continuava entupido e em pouco o seu dono, desconsolado, assim o levava embora de Bruxelas.

RELATO DE VIAGEM

Foi no tempo em que os animais falavam.

— A estrada nova — explicou-nos o animal, um motorista de caminhão — leva direto até Congonhas, evitando assim Nova Lima, Rio Acima, etc. que é o trecho pior. De lá se toma uma pequena estrada de uma só pista até Lafaiete. E de lá seguem para o Rio... Com isso ganham, pelo menos, duas horas.

Sobre não ser nossa intenção ganhar duas horas, pela justa razão de não sabermos o que fazer depois com elas quando chegássemos ao Rio, a expressão "estrada de uma só pista" nos intrigou:

— E se vier de Lafaiete um caminhão rumo a Congonhas, nessa estrada de uma só pista?

— Vocês terão de dar marcha à ré até Congonhas para deixar o caminhão passar. Salvo se já estiverem mais para lá do que para cá — neste caso quem tem de recuar é o caminhão.

Estávamos num posto de gasolina, à saída de Belo Horizonte. Perguntei a meus dois companheiros o que achavam daquilo. A idéia de ser esperto e passar a perna nas velhas estradas de Minas não me agradava.

— Existirá mesmo essa estrada nova?

Cumpre-me esclarecer que, naquele tempo, a estrada nova — futura BR-3 — só existia na imaginação do orangotango a quem pedíramos informação. O que existia na triste realidade era um ou outro trecho de terra fofa de não mais que um quilômetro, ligados pelas chamadas "variantes" — trilhas ásperas e penosas, impraticáveis até mesmo para carro de bois. Por duas vezes tivemos de cruzar um riacho — o que fizemos alegremente, desde que o dono do carro alegava ser a água corrente muito boa para refrescar os pneus.

O carro se arrastava como um camelo velho em pleno deserto, bufava e gemia, largava pedaços pelo caminho, mas ia levando. A certa altura a poeira era tanta que parecíamos três palhaços, a cara caiada, os cabelos pintados de rosa. Uma curva junto ao barranco nos introduziu para sempre no Reinado do Pó: não se enxergava mais nada e as rodas do carro giravam no mesmo lugar. O dono do carro desfalecera — luxo a que se podia dar, pois quem dirigia era eu. O outro limitou-se a grunhir dois ou três palavrões. Entardecia e nem um só mortal viria jamais salvar-nos da noite, que ameaçava engolir-nos. Et in pulveris reverteris.

A chuva nos surpreendeu em estrada firme e de terra batida, que denunciava proximidade de civilização.

— Congonhas à vista!

— Cegonhas?!

Era Congonhas — uma torre de igreja acabava de despontar além da colina. Mas como atingi-la? À nossa direita surgira um rio que a chuva tornava grosso e caudaloso, e a cidade ficava do outro lado, sem nenhuma ponte de permeio. Paramos o carro junto a um casebre.

— A ponte caiu faz uns três anos — explicou-nos uma velha coroca com um sorriso desdentado. — O jeito é passar pelo rio ali em riba, na curva.

Tudo indicava que a bruxa tinha razão: a estrada que seguíamos entrava rio adentro e ressurgia na outra margem. Mas a correnteza era forte e desta vez não se tratava de um simples riacho.

— Será que vai?

— Vai! Vai! — gritava a molecada, descalça e maltrapilha, que se ajuntara como por encanto na outra margem. Pisei no acelerador e avancei, numa arrancada triunfal. O carro foi se afundando na água, avançou alguns metros fazendo borbulhas até o centro do rio, engasgou e morreu.

— E agora?

— Agora é empurrar.

Sem sapatos, calças arregaçadas, água acima do joelho, empurramos o carro entre imprecações. Nosso medo era de que a correnteza o levasse em cambulhada de volta a Belo Horizonte.

Já em terra seca, ele fazia água por todos os lados — só por um milagre voltaria a funcionar. Escondêramo-nos dentro para fugir à violência da chuva. Os últimos seres vivos que, como bichos, habitavam os casebres ao redor da cidade haviam se recolhido, deixando-nos entregues à nossa própria sorte. Junto à estrada, um barracão abandonado seria o nosso último refúgio na terra — ficaríamos morando para sempre ali no rancho fundo. Bem pra lá do fim do mundo.

Parecia um novo dilúvio. A chuva escurecera tudo ao redor e o rio rugia ao nosso lado, subindo sempre, de novo a ameaçar o carro.

Foi quando surgiu na estrada um caminhão providencial. Dirigi-me ao motorista, pedindo que nos rebocasse até a cidade. Ele acedeu, depois de certa relutância:

— Eu não queria sair pra fora nesse chuvão que tou de reumatismo, sou muito sensives, resfrio atoinha, atoinha.

A chuva amainara quando fomos deixados à porta da oficina do mecânico. De oficina, só tinha um pneu velho dependurado na porta.

— Alevanta.

Era o mecânico, à frente do carro, com ares de regente de orquestra: com uma roupinha de brim muito limpa, um chapéu de explorador na cabeça, mais parecia um criador de galinhas do que um entendedor de automóveis. Estávamos perdidos. Ainda assim alevantamos, isto é, abrimos a tampa do motor para que ele se curvasse como um veterinário e cutucasse as suas entranhas com um pedacinho de taquara.

— Tá bão — concluiu, num sorriso beatífico.

— Como?

— O carro já tá bão. Pode tocar.

Perplexos, vimos que o carro já estava realmente em perfeitas condições de funcionamento. Perguntamos quanto era e ele disse que não era nada não senhor, um trabalho tão atoinha! Minutos antes lhe venderíamos o carro por duzentos réis de mel coado.

Fizemos questão de pagar àquele gênio dos motores de explosão ao menos uma cervejinha, ele ficou pasmado com a nossa generosidade. E fomos embora, deixando para trás em Congonhas do Campo o maior mecânico de automóveis da América do Sul! Partíamos felizes, confiantes, cheios de alegre expectativa: um dia, se Deus assim dispusesse, ainda haveríamos de chegar a Lafaiete.

DOIS ENTENDIDOS

Dizem que tem uma memória extraordinária e sabe tudo sobre futebol. Suas lembranças desafiam contestação.

Um dia, porém, viu-se numa reunião em que se achava outro com igual prestígio. E os dois acabaram se defrontando:

— Você se lembra da primeira Copa Roca disputada no Brasil? — perguntou-lhe o outro.

— Se me lembro.

E disse o dia, o mês e o ano.

— Fazia um calor danado.

— Isso mesmo: um calor danado. Lembra-se da formação do time brasileiro?

— Quem é que não se lembra?

Cantou para o outro o time todo. O outro ia confirmando com a cabeça. Fez apenas uma ressalva quanto ao extrema-esquerda.

— Eu sei: mas estou falando o time titular. Agora vou lhe dizer os reservas.

Declamou a lista dos reservas, e sugeriu, por sua vez:

— Você naturalmente se lembra da formação do time argentino.

O outro embatucou: o time argentino? Não, isso ninguém era capaz de dizer.

— Pois então tome lá.

E recitou o time argentino. O outro, meio ressabiado, procurou recuperar o terreno perdido:

— Para nomes não sou muito bom. Mas me lembro que o goleiro argentino segurou um pênalti.

— Um pênalti mal cobrado, foi por isso: faltavam sete minutos para acabar o jogo.

O outro, como que ocasionalmente, disse quem cobrara o pênalti, fazendo nova investida:

— E lhe digo mais: o juiz apitou quinze faltas contra nós no primeiro tempo, dezessete contra eles. No segundo tempo...

— Está aí, isso eu não sou capaz de garantir. Tudo mais sobre o jogo eu lhe digo. Aliás, sobre esse jogo, ou qualquer outro que você quiser, de 1929 para cá. Mas essa história de número de faltas... Como é que você sabe disso com tanta certeza?

— Sei — tornou o outro, triunfante — porque fui o juiz da partida.

Com essa ele não contava. O juiz da partida.

— Como é mesmo o seu nome?

Ficou a rolar na língua o nome do outro.

— Você tinha algum apelido?

O outro deu uma gargalhada:

— Juiz, com apelido? Naquele tempo eu já me fazia respeitar.

— Sei, sei — e ele sacudiu a cabeça, pensativo. — Engraçado, me lembro perfeitamente do juiz, não se parecia com você. Chamava-se... Espera aí: se não me falha a memória...

— Ela costuma falhar, meu velho.

Ao redor a expectativa dos circunstantes crescia, ante o duelo dos dois entendidos.

— . . . o juiz era grande, pesadão, anulou um gol nosso, houve um começo de sururu. . .

— Emagreci muito desde então. E anulei o gol porque já tinha apitado quando ele chutou. Houve realmente um ligeiro incidente, mas fiz valer minha autoridade e o jogo prosseguiu.

— Você já tinha apitado. . .

— Já tinha apitado.

Os dois se olharam em silêncio.

— Quer dizer que quem apitou aquele jogo foi você — recomeçou ele, intrigado.

— Fui eu. E lhe digo mais: quando Fausto fez aquele gol de fora da área. . .

— Já na prorrogação.

— Na prorrogação: quiseram protestar dizendo que ele estava impedido. . .

— Não estava impedido.

— Eu sei que não estava. Tanto assim que não anulei. Mesmo porque, a regra naquele tempo era diferente.

— Nem naquele tempo nem hoje nem nunca aquilo seria impedimento. Se o juiz me anula aquele gol. . .

— . . . teria que anular também o primeiro gol dos argentinos. . .

— . . . que foi feito exatamente nas mesmas condições.

Calaram-se um instante, medindo forças. Mas o outro teve a infelicidade de acrescentar:

— Mesmo que o bandeirinha tivesse assinalado. . .

Ele saltou de súbito, brandindo o dedo no ar:

— Já sei! É isso mesmo! Você não foi juiz coisa nenhuma! Você era o bandeirinha! Me lembro muito bem de você: era mais gordo mesmo, todo agitadinho, corria se requebrando... Tinha o apelido de Zuzu.

O outro não teve forças para negar e se rendeu à memória do adversário. Mesmo porque, encafifado, fazia uma cara de Zuzu.

A EXPERIÊNCIA DA CIDADE

A coisa que mais o impressionou no Rio foram os bondes. Não pode ver um bonde, fica maravilhado: nunca pensou que existisse algo de tão fantástico:

— Se ele quiser andar de fasto, ele pode?

Andar de fasto, na sua linguagem de menino do interior de Minas, é andar para trás. Tem outras expressões esquisitas: *sungar* é levantar; *pra riba* é para cima; *pramode* é para, por causa, etc. Mas eu também sou mineiro:

— Pramode o bonde andar de fasto tem de sungar os bancos e tocar pra riba.

Ele fica olhando. Olha tudo com atenção. Tem oito anos mas bem podia ter cinco ou seis, de tal maneira é pequenino. Bem que a cozinheira dizia:

— Tenho um filho que é deste tamaninho.

E levava a mão à altura do joelho. Chama-se Valdecir. Ninguém acerta com seu nome, nem ele próprio: — *Vardici,* diz, mostrando os dentes. No dia em que chegou, fiquei sabendo que nunca tivera ao menos notícia da existência de uma cidade, além do arraial onde nascera. Nunca vira luz elétrica ou água corrente, ainda mais telefone ou elevador. Abria a torneira e ficava olhando. Quando tinha água, era capaz de inundar o edifício. Quando não tinha, divertia-se tocando a campainha da porta da rua — e para alcançá-la precisava arrastar uma cadeira. As da sala de jantar têm marca de seus pés até hoje. A cozinheira atendia ao chamado, dava-lhe um safanão, arrastava-o para a cozinha. Ele ficava olhando: nunca vira um fogão a gás.

A princípio procurei deslumbrá-lo: com displicência, ligava a televisão em sua presença, abria a geladeira, usava o ventilador. Ele seguia-me os movimentos, silencioso, mas não parecia impressionado: eram coisas tão misteriosas que passavam muito além de sua capacidade de se espantar.

Com o mar, porém, foi diferente. Quando o levei pela mão até a praia do Leblon, ele olhou excitado para o mar e exclamou, arregalando os olhos.

— Oia, que lagoão!

Vendo-me falar ao telefone, limitava-se a sorrir, como a dizer: "Olha o bobo, falando sozinho".

Arranjei-lhe um lugar em colégio interno, a pedido da mãe. Ele concordou em ir, desde que fosse de bonde. E lá se foi, certa manhã, na beirada do banco, descobrindo maravilhas em cada esquina.

Na segunda-feira da última Semana Santa, meu telefone chamou às cinco horas da manhã, tirando-me da cama. Fui atender, era ele:

— Tou falando pramode saber aonde é que eu vou. Não vai ficar ninguém aqui.

Já sabia telefonar, pois. Não sabia, apenas, que aquilo não eram horas de fazê-lo. Pedi-lhe que tivesse paciência e chamasse mais tarde. Mas ele não sabia o que queria dizer paciência. Morto de sono, desliguei o telefone e voltei para a cama. Meia hora depois a campainha chamou novamente:

— Posso falar agora?

Tive de me conformar: cinco e meia da manhã já era tarde para ele.

— Vou mandar tua mãe te buscar.

Ele deu uma risadinha e desligou. Na mesma tarde veio de novo para minha casa. De bonde, evidentemente.

Ficou por aí rodando pelo apartamento, brincando com as outras crianças na calçada. Por duas vezes foi à praia, mas não se aventurou a entrar no lagoão senão uma vez, achou a água muito azeda; limitou-se a ficar abrindo buracos na areia, à procura de minhocas.

Não sei por quê, saiu do colégio; acabou indo morar com os tios em Santa Teresa, numa casa de cômodos. Um dia abro o jornal e leio a notícia: um homem matara o vizinho do quarto, que tentara violentar um menino. Foi arrolado como testemunha! Voltou para minha casa e já trazia nos olhos a perplexidade dos escandalizados pela vida.

Agora regressa à sua terra. Vai crescer, tornar-se homem como os que aqui conheceu, ou apenas envelhecer e morrer apoiado ao cabo da enxada, como seus ancestrais. Leva da cidade a notícia de meia dúzia de coisas fantásticas — bonde, televisão, elevador, telefone — cuja lembrança irá talvez se apagando com o tempo. Esquecerá depressa este homem que aqui viu, cercado de mecanismos, moderno e civilizado, que o abrigou alguns dias e a quem devolveu, sem saber, um pouco da infância. Apenas não esquecerá tão cedo seu primeiro conhecimento do homem, animal feroz.

DE CERTA IDADE, SENHOR

Vivia insatisfeita com empregadas, não conseguia descobrir uma que prestasse. Um dia, em meio à conversa de várias amigas com experiência de semelhante situação, afirmou:

— A solução é ter empregada já de idade. As que são muito moças em geral só criam problemas: são desleixadas, só pensam em namorar, volta e meia ficam esperando filho, não levam nada a sério. Já uma senhora de certa idade, não: vê-se logo se é pessoa de confiança, a gente sabe com quem está lidando.

Daquele dia em diante pôs-se a procurar uma senhora de certa idade. Afinal encontrou uma que parecia ter sido feita de encomenda: viúva de seus cinqüenta anos, cheia de compostura, revelou-se logo uma arrumadeira competente e cozinheira de mão-cheia. Estava encantada; era pessoa de respeito, fina, educada, que sabia tratar as pessoas:

— Bom dia, senhora. Bom dia, senhor.

Aquele tratamento meio protocolar, que podia ser um tanto exagerado, advinha-lhe, certamente, do fato de já ter servido em mais de uma Embaixada. Emprestava certo tom de distinção às relações domésticas:

— Bom apetite, senhor. Gostou do almoço, senhor? Obrigada, senhor.

Em pouco se revelava, como no verso do poeta, verdadeiro monstro de delicadeza. Se acaso o patrão telefonava da rua para dar algum recado, ela lhe impunha antes todo um diálogo de amabilidades:

— Vai bem de saúde, senhor?

— Bem, obrigado.

— Chegou bem à cidade?

— Cheguei bem, obrigado.

— Deus queira que não tenha muito trabalho hoje, senhor.

— Deus queira.

— E quando vier para casa, faça uma boa viagem, é o que eu desejo.

— Muito obrigado. Também desejo, porca miséria!

Às vezes acabava desligando, sem oportunidade de transmitir o seu recado.

Em casa, os cuidados de que se via cercado para lhe garantir o sossego eram de liquidar a paciência de um santo:

— Não se incomoda se eu arrumar primeiro o quarto, senhor?

— Não, pode arrumar.

— Se preferir ficar no quarto, senhor, neste caso posso arrumar primeiro a sala.

Ou então:

— Posso servir o jantar, senhor?

— Pode.

— Se o senhor quiser que eu espere, eu espero, senhor, não me incomodo: sirvo mais tarde.

Ao fim, ele evitava sistematicamente responder

o que quer que fosse, resmungando qualquer coisa. Longe dela, queixava-se à mulher:

— Você precisa dar um jeito nessa velha: fica me tratando como se eu fosse um fidalgo português, é senhor para cá, senhor para lá...

— Não seja casca-grossa. Como é que você queria que ela o tratasse? É empregada para gente de classe, de categoria.

Um dia, inesperadamente, a empregada veio comunicar à patroa que voltaria para o seu emprego anterior.

— Mas por quê? — lastimou-se ela: — Não está satisfeita aqui?

— Satisfeita eu estou, senhora. Mas acontece que agora eu já posso voltar para lá.

E contou-lhe uma longa história, segundo a qual o cunhado de sua ex-patroa não gostava dela, senhora, por causa do namorado. Namorado? Da patroa? Não, dela mesmo: um namorado que arranjara, apesar da idade, não por ele, senhora, evidentemente, mas porque ele tinha uma motocicleta. O tal cunhado é que não via com bons olhos aquele namoro e tantas fizera que acabaram por mandá-la embora. Mas agora a ex-patroa lhe comunicava que o cunhado se mudara para Brasília, veja a senhora, ela podia voltar. Voltar — e andar de motocicleta quando bem entendesse.

— E não é por falar, senhora, mas eu faço qualquer miséria por uma voltinha de motocicleta.

DEPARTAMENTO DE TROCAS

E Dona Arminda Ermita, da Gamboa? Será que ela encontra alguém capaz de trocar um rádio de cabeceira por uma pele de raposa, marrom, trazida da Europa?

Leio com o maior interesse o "Departamento de trocas" do Clube das Leitoras, publicado num suplemento de *O Jornal*. Eis como fico sabendo também que Madame Aragão, do Rio, possui um álbum de Ídolos da Tela, quase completo, faltando pouquíssimas figuras, e deseja trocá-lo "por uma muda de samambaia-chorona legítima que já tenha pegado bem".

Infelizmente, nada posso fazer por Madame Aragão. Ainda que pareça incrível, não possuo uma só muda de samambaia-chorona, legítima ou bastarda — e, por outro lado, não estou propriamente interessado num álbum de Ídolos da Tela que, além do mais, nem completo é, como sua dona mesmo confessa.

Em compensação, interesso-me vivamente pela proposta de Cidalina, do Grajaú: "Tenho o livro *Mãe* — poema de amor de Edgard de Carvalho, com 83 poesias de vários poetas e também lindas trovas e pensamentos, todos sobre a figura da mãe. Desejo trocá-lo por algo que me seja útil".

Embora eu tenha muitas coisas que, acredito, seriam bastante úteis a Cidalina, deixo de atender à sua tentadora proposta, por uma questão de princípios: não acredito que ela seja uma filha tão desnaturada, a ponto de renegar o mimoso livro, que deveria evocar sua mãezinha. Não, Cidalina, isso não se faz: fique com o livro, em homenagem à distinta.

E tem mais: tem a Maria Almeida, de Três Rios, que oferece nada menos que um sutiã de crochê, no manequim que a pessoa desejar, em troca de um pé de antúrio, vermelho ou branco. Ora, o pé de antúrio vermelho (ou branco) eu não tenho, mas poderia arranjar, caso o objeto a ser barganhado me fosse de alguma utilidade — o que, obviamente, não acontece. Intrigou-me, não obstante, na referida transação, a peculiaridade da peça oferecida, de amoldar-se ao tamanho que a pessoa desejar. Não entendo muito do assunto. Talvez por ser de crochê?

Mais fácil, será, porventura, a proposta de Ieda Maria, de Caratinga: a troca das músicas para acordeão *Solamente uma vez, La vie en rose* e *Pisando corações* por flâmulas, lápis de propaganda ou caixas de fósforos. Ou a de Cleo, de Jacarepaguá: "Desejo muito possuir o romance *O amante de Lady Chatterley,* e dou em troca três números de *Seleções,* à escolha da pessoa". À escolha da pessoa! É um caso a se considerar. Giselle, de Espírito Santo, propõe o contrário: troca a *Educação sentimental* de Flaubert por um par de luvas de lã, ou pelo disco *Tenderly.*

Como se vê, umas são literárias, outras musicais. Há quem não seja nem uma coisa nem outra: "Possuo os livros *Como se fazer amar* e *Como evitar a solidão amorosa.* Troco por um centro de mesa" — é o que propõe a Isaltina Reis Pedrosa, de Minas — demonstrando, assim, que já se fez amar e evitou a solidão amorosa provavelmente se casando e quer apenas cuidar da casa, enfeitando a mesa. Ou então teria concluído que a mesa é mais importante que o amor e que, já que não se casa mesmo, o melhor é tratar de comer.

O caso de Rosária Macedo é mais triste: "Possuo um vestido de noiva sem uso, manequim 44, de tule de *nylon*, com renda francesa. Aceito proposta de troca".

De troca ou de casamento, Rosária desiludida, você se esqueceu de acrescentar.

E ainda não acabou: tem quem troque um missal sem uso por um retrato de Jeff Chandler, um casaco de peles por um tico-tico ou um fogão a querosene por uma coleção da revista *Gibi*. Alanel, de Copacabana, propõe trocar um macacão emagrecedor "por quatro metros de lã, para fazer uma saia godê". Quatro metros! Desistiu de emagrecer. Nortista, de São Cristóvão, troca um casal de canários por uma rede e uma coleção de conchinhas por um papagaio falador.

Nunca pensei que houvesse tanta mulher querendo trocar tanta coisa por este Brasil. São negócios de alto interesse, e no secreto mecanismo psicológico que os configura talvez viesse a ser encontrado um princípio que poderia ser a chave-mestra de salvação da economia nacional. Um deputado amigo meu chegou mesmo a sustentar a tese de que...

Bem, não era deputado, mas simples candidato, acrescentando-se ainda, a bem da verdade, que jamais chegou a ser amigo meu, como de resto infelizmente não chegou a ser eleito. Sua campanha eleitoral, de qualquer maneira, foi toda baseada no princípio da troca, segundo sua conclusão de que, não havendo meios de aumentar nossa riqueza econômica, pelo menos cumpria movimentá-la naquilo que era dado por abandono, e que representava verdadeira fortuna em potencial. Seu lema para a extraordinária campanha tornou-se exclusivamente este: "TROCAM-SE ARREIOS USADOS POR AVES E OVOS".

Escreveu artigos, deitou falação, pontificou, buscando provar que arreios velhos e abandonados existiam à pamparra por toda Minas Gerais (passou-se, evidentemente, em Minas Gerais) e que cumpria pô-los de novo em circulação, ao menos como artigo de permuta. E tome essa cangalha de burro por duas galinhas, um barbicacho por meia dúzia de ovos, me dá esse cabresto que já te trago um garnisé. Que fazer com tanto arreio usado, se não prestava mais? — era o que lhe perguntavam. Ao que ele respondia: apenas movimentar. Tornar a trocar por mais aves e ovos.

Mas veio a eleição e, antes que o nosso candidato pusesse em prática seu grandioso plano, foi impiedosamente derrotado. Tal não acontecesse, e talvez esse "Departamento de Trocas" do Clube das Leitoras estivesse hoje oficializado, como nova repartição do Ministério da Fazenda.

NÃO ESTAMOS SÓS

O dia começava a clarear. Os dois cochilavam na sala, cada um estirado numa poltrona. Um deles se espreguiçou, soltou um grunhido, ergueu-se e foi até a janela, esfregando os olhos. Depois olhou a garrafa de uísque vazia sobre a mesa, pontas de cigarro transbordando do cinzeiro. Caminhou até o outro, acordou-o com um pontapé:

— Levanta, vai fazer um café.

— Não chateia — resmungou o outro, com voz roufenha: — Faz você, a casa é sua.

Acabaram indo os dois para a cozinha, o corpo pesado, a cara franzida, sombreada pela barba.

— Puxa, mas bebemos esta noite. Uma garrafa inteira!

— Como foi isso?

— Você insistiu em servir um uisquezinho antes de sairmos para jantar. Depois agarramos de conversa, aquela discussão sobre psicologia da mulher...

— Psicologia uma ova: sobre mulher mesmo.

Riram ambos. Esbarravam um no outro na pequena cozinha, às voltas com o café.

— Não sei como é que você agüenta morar sozinho neste apartamento, sem ao menos uma empregada.

— Foi exatamente assim que a conversa começou. Depois que você se casou está com essa mania de querer casar todo mundo.

— Eu continuo o mesmo.

— Mas para tomar um uisquezinho com um amigo tem de mandar a mulher passar o verão em Petrópolis!

O outro deu uma gargalhada:

— Uisquezinho?

Voltaram para a sala, trazendo o café, o açucareiro, um pedaço de pão, um resto de queijo.

— A manteiga acabou. Você tem que se arranjar com esse queijo.

— Não estou dizendo? Uma mulher dava jeito nisso. Você está bebendo demais.

— Isso mesmo: bebi sozinho uma garrafa inteira.

Sentaram-se à mesa, rindo:

— Pois olha: eu não fiquei de porre, sabe disso? Que coisa mais estranha.

— Nem eu. O que estou é de ressaca.

— Vai ver que estávamos no maior pileque deste mundo e não percebemos.

— Vai ver que ainda estamos.

Nem se mexiam para servir o café.

— Será que estamos ficando alcoólatras? Para mim isso é dipsomania, e das boas. Uma garrafa inteira!

— Para que ocorra a dipsomania, é preciso haver a incidência de três coisas.

— Copo, garrafa e boca.

— Três coisas: é fundamental. Primeiro: beber sozinho. Segundo: beber de manhã. Terceiro: emendar.

— Emendar como?

— Curar ressaca com bebida. Em vez de tomar café e comer alguma coisa, beber uma cerveja gelada, por exemplo, para rebater.

— Tem aí na geladeira.

— Geladíssima...

— Estupidamente gelada.

— Para rebater?

— E sabe que rebate mesmo? Acho que é a desidratação que dá tanta sede.

— Eu, por exemplo, estou com uma sede desgraçada.

— Eu também.

Olharam-se em silêncio.

— Olha que é de manhã. E emendar. Você mesmo falou.

— Mas não estamos sozinhos.

E um deles se ergueu, solene, foi buscar a cerveja na geladeira.

BUNAB — TIPO 7

O último a ser lançado, tipo 7, é o modelo mais aperfeiçoado, com todos os melhoramentos possibilitados pela ciência moderna. É, pelo menos, o que assegura a reportagem sobre o assunto, que acabo de ler numa revista americana. E reproduz os vários tipos de BunaB já fabricados, os autênticos e suas respectivas contrafações. Há BunaB feito de arame comum, grampo para cabelo e até pau de fósforo.

Mas o que vem a ser o BunaB?

Depende do tipo; o tipo 7, por exemplo, o mais recentemente lançado, vem a ser dois fragmentos paralelos de um fio elétrico de não mais que cinco centímetros, de cor branca (em outras cores, para determinadas ocasiões especiais) e ligados um ao outro nas extremidades, por uma espécie de fita durex vermelha. O preço de cada unidade é de dois dólares. Dois são vendidos a cinco dólares — mais caro, portanto. Cobra-se uma taxa especial para encomendas maiores, que vai subindo, conforme a quantidade, em progressão geométrica. Ainda assim há quem consuma mais de uma caixa de cem unidades por mês. E não se aceita devolução. Não se pode supor, assegura seu criador, que um BunaB legitimamente fabricado venha a ter qualquer defeito e não preencha de maneira perfeita os requisitos necessários à finalidade a que se destina.

E qual vem a ser esta finalidade, precisamente?

A pergunta, por si só, revela da parte do consumidor uma ignorância tamanha que o torna indigno mesmo de usufruir das suas reais vantagens. "Para que o BunaB atinja o máximo na sua utilização", o perplexo possuidor receberá como resposta, "necessário se torna seguir à risca as recomendações do prospecto que o acompanha. Somente assim encontrará o produto condições para o mais perfeito aproveitamento de sua intrínseca funcionalidade." Em verdade, acompanham-no um certificado de garantia e um prospecto enumerando as tais condições, devido às quais o BunaB poderá melhor satisfazer o seu possuidor, como por exemplo: deve ser conservado em lugar fresco; não deve ser exposto à água, nem mesmo ficar em lugares úmidos; pode ser transportado no bolso, desembrulhado, e de preferência na mão, podendo mesmo ser livremente manuseado.

"É de uma indispensável inutilidade", declarou a atriz Mirna Loy, estupefata, ao receber um de presente. Porque o BunaB, entre outras coisas, é ideal para um presente, segundo assegura o fabricante: todos se estão presenteando fartamente com o BunaB, a fábrica nem dá conta de tamanha procura, pretendendo duplicar a produção para enfrentar as festas de fim de ano.

Ainda assim, ficamos na mesma: para que diabo serve um BunaB?

Antes de mais nada, seu idealizador nos auxilia a descobrir para que ele não serve. O próprio produto, pela sua natureza, está a indicar-nos que não serve para enfeitar, como um bibelô; também não serve para brincar ou distrair, como um ioiô ou um bilboquê. Sua aparência, aos olhos do leigo, é a de um *gadget* vagamente eletrônico, mas embora lembre um indutor, fragmento de bobina, filamento de válvula ou coisa parecida, nada em sua forma ou constituição sugere qual venha a ser a verdadeira utilidade. E depois das mais graves e intensas considerações, somos levados a concluir que um BunaB não serve absolutamente para nada.

— Alto lá! — protesta seu inventor, melindrado: antes de tudo, serve para que façamos toda essa série de considerações, intensas e graves, numa época em que ninguém pensa mais nem considera coisa alguma. Além disso, propicia ao possuidor a pergunta que ele, como criador do produto, vem recebendo de todas as partes do país: para que serve o BunaB? Ora, então monta-se uma fábrica, dá-se emprego a tanta gente, troca-se tanta correspondência, enfrenta-se tamanha procura do produto, para ao fim se dizer que ele não serve para nada? Ainda há quem não perceba que, não servindo para nada, o BunaB automaticamente já está servindo para alguma coisa? Seria impossível à indústria moderna, mesmo valendo-se dos mais avançados recursos da ciência em suas últimas descobertas, produzir algo cuja finalidade fosse mais pura, e mais imune às comprometedoras contingências de nosso tempo. Sua existência, como a de um deus, começa e termina nele próprio; sua finalidade é apenas existir. Não sofre as injunções da técnica nem se submete às exigências gananciosas do homem, que a tudo conspurca com o estigma da sua própria imperfeição. Quem compra, dá ou recebe um BunaB de presente, pratica pela primeira vez na vida um autêntico gesto gratuito — do qual é justo que o fabricante se beneficie, enriquecendo-se com o preço por ele pago. Porque o BunaB é completo, integral e perfeito, na sua definitiva inutilidade.

Entusiasmado com o sucesso do BunaB, especialmente o tipo 7, além de pensar em lançar no mercado o tipo 8, seu idealizador planeja a criação de novos produtos: um semicírculo preto de matéria plástica para ser colocado sobre o lado esquerdo dos relógios, "apagando para sempre esta parte abominável dos dias que vai das seis às doze horas". E um disco elepê de alta fidelidade, completamente sem música e sem ruídos, para quem quiser uma hora de silêncio. "Servirá, pelo menos, para ensinar às mulheres e aos papagaios como desaprender a falar", afirma ele, entusiasmado.

UM PROFESSOR DE PORTUGUÊS

Segundo me contam, a junta examinadora se compunha de três conhecidos e ilustres professores da Bahia. Tratava-se de submeter à prova periódica de suficiência os que ensinam português em algumas localidades do interior.

O primeiro a se apresentar foi um velho professor do alto São Francisco. Cabia-lhe dissertar sobre "a aposição".

— Quantas horas faltam? — perguntou ele, de saída.

Os examinadores se entreolharam, perplexos.

— Faltam para quê?

— Para terminar meu exame.

— O senhor tem quarenta minutos — informou-lhe, intrigado, um dos membros da junta.

— Pode começar — ordenou outro, já impaciente.

O homem ergueu um dedo no ar e começou:

— Dizem...

Calou-se um instante, imobilizado no gesto, como para dar ênfase ao que iria revelar:

— Dizem que Dom João VI. Dom João VI, estão me compreendendo? Dizem que Dom João VI costumava comer nada menos que oito frangos e duas dúzias de laranjas...

Retirou com solenidade uma laranja do bolso, colocou-a sobre a mesa, arrematando:

— Cuja, aliás, trago eu aqui comigo. Quantas horas faltam?

Um dos professores, assombrado, mal pôde balbuciar:

— Faltam trinta e oito minutos. Continue.

Antes de continuar, o homem pôs-se a andar de um lado para outro, em frente à junta examinadora:

— Sobre o que deverei falar? — perguntou, afinal.

— Sobre a aposição.

— Ah! — e ele se deteve, triunfante. — Bem vejo que os senhores conhecem o riscado. Pois aí está: procurei em tudo quanto é dicionário e não encontrei o significado dessa palavra.

Um dos professores já se dispunha a protestar, mas o homem estendeu a mão espalmada:

— Espere, espere! Calminha no Brasil. Quero que os senhores fiquem sabendo que não sou nenhum idiota. O dicionário não registra? Pois então resolvi cranear. E eis a verdade dos fatos: eu aqui, os senhores aí — oposição. Os senhores ao lado um do outro — aposição! Simples, não? Ninguém me ensinou isso, descobri sozinho. Quantas horas faltam?

E o homem fitava a banca examinadora com olhos céticos. Como não lhe respondessem, dirigiu-se resolutamente ao quadro-negro e começou a desenhar com o giz a cabeça de um velho bigodudo.

— Que brincadeira é essa, afinal? — um dos examinadores encontrou forças para protestar.

— O senhor está fazendo exame de português e não de desenho — interveio outro.

— Disso sei eu, disso sei eu.

O homem sacudia a cabeça, imperturbável, sem deixar de desenhar. Terminou seu trabalho e largou o giz com displicência: era um razoável retrato de Rui Barbosa.

— Estão vendo? Em matéria de português, esse aí sabia muito mais do que eu e do que os senhores, juntos e embolados. Quantas horas faltam?

— Trinta minutos — atendeu um dos examinadores, impassível.

— Lamento, porque era tudo que eu tinha a dizer. Passem bem, senhores.

E saiu da sala. Antes que a junta saísse da estupefação, tornou a surgir à porta:

— Com licença.

Dirigiu-se à mesa, apanhou a laranja, guardou-a no bolso e se foi.

Não me contaram se foi aprovado — é possível que sim: o alto São Francisco anda muito precisado de professores de português.

DE HOMEM PARA HOMEM

Você talvez não se lembre: devia ter naquela época uns quatorze ou quinze anos. Eu tinha sete. Sei disso, porque naquele ano tinha entrado para o grupo escolar. E foi no grupo escolar que ganhei o bodoque.

Trata-se, portanto, de um bodoque — também chamado de atiradeira ou estilingue. Nós chamávamos de bodoque: uma forquilhinha, em geral de goiabeira, bem raspada a canivete, da qual partiam duas tiras finas de borracha de câmara de ar de bicicleta, bem amarradas (era preciso esticar bem para amarrar, do contrário soltavam) e juntas na outra extremidade por um pedaço de couro de língua de sapato velho. Assim eram os bodoques, e não serviam só para matar passarinho, como você insinuou, serviam para tudo: para quebrar vidraça, para derrubar manga, para tiro ao alvo, para guerrear contra os outros meninos. Deus é testemunha de que nunca consegui matar nem um passarinho com bodoque ou sem ele, era péssima a minha pontaria — esse pecado não carrego comigo, foi uma injustiça da sua parte. E honra me seja feita: o único passarinho morto que me caiu nas mãos, achado no quintal já meio comido de formigas, enterrei com todo o respeito, depois de abrir com o canivete, para ver como ele era por dentro. Isso os médicos estão cansados de fazer com gente de verdade nos hospitais, não é pecado nenhum.

Pois bem, o que foi que aconteceu com o meu bodoque? Você não se lembra, certamente, nem chegou sequer a saber como ele veio parar nas minhas mãos. Pois lhe conto agora: eu tinha uma coleção de marcas de cigarro que troquei com Evandro por uma coleção de pedras preciosas de vidro; vendi as pedras por quatrocentos réis dos grandes e com eles, e mais um pião, e mais uns selos da Tasmânia que tinha ganho numa aposta, e mais — não tenho certeza — duas ou três bolas de gude, comprei afinal o bodoque de um menino que já não me lembro mais quem era. Faz diferença eu não me lembrar mais quem era?

Pois bem: e o que foi que aconteceu? Aconteceu que naquele mesmo dia eu fui procurar Newton e Toninho para mostrar o meu bodoque, muito melhor do que os deles, não encontrei nem um, nem outro. E olhe que Newton sabia fazer bodoque! as forquilhas dos bodoques dele sendo tão fechadinhas que era preciso esticar muito para não pegar no dedo, a pedra passava por cima. Encontrei foi você, na porta da casa do Armando e do Quico, ali na Rua da Bahia. Eu trazia o bodoque enrolado no bolso da calça e queria fazer uma surpresa, se não para o Newton e o Toninho, pelo menos para o Quico, que não tinha bodoque nenhum ainda. Você já era meio compridão feito hoje, me lembro que me olhou de cima para baixo com esses olhos meio caídos que tem até hoje e me disse: "Aonde é que você vai aí todo satisfeito?" Eu disse que ia mostrar ao Quico o meu bodoque, você então perguntou: "Bodoque?" e me pediu para ver, com ar fingido de quem já é velho demais para ficar pensando em bodoque. Então caí na asneira de enfiar a mão no fundo do bolso da calça, tirar o bodoque e mostrar. E você, o que foi que fez? Pegou no bodoque como se quisesse mesmo ver, mas logo abriu o paletó e me mostrou a fivela do cinto, falando: "Olha aí". E guardou meu bodoque no bolso. Era uma fivela dourada de cinto de escoteiro e nela estava escrito "Sempre Alerta" debaixo de uma flor-de-lis. Mas era só o cinto, você não estava fardado de escoteiro, estava até de calça comprida, que você já usava. Armando, que também era mais velho, veio chegando e viu, perguntou o que era, então você explicou para ele: "Sou escoteiro, tomei o bodoque dele".

Tomou meu bodoque. Quando eu entendi que você me tinha tomado mesmo o bodoque por ser escoteiro e escoteiro não pode matar passarinho, perdi a cabeça e comecei a gritar: "Mas eu não sou! Me dá meu bodoque!" Acabei chorando de raiva e o próprio bodoque, digo o próprio Armando insistia com você que não fizesse isso, deixe de coisa, dá o bodoque do menino. E você ali inabalável, até achando graça na minha raiva. Acabou dizendo que primeiro ia apurar se eu costumava matar passarinho com bodoque (jurei que não, era para derrubar manga!) e no caso de não apurar nada, era possível que devolvesse. Saí dali meio perplexo, já nem chorando mais, esmagado pelo peso da sua autoridade de escoteiro.

Pois muito bem: foi isso que aconteceu. Depois

daquele dia tive uma porção de bodoques, fui escoteiro também, nunca me aconteceu tomar bodoque de ninguém. Os anos passaram, eu cresci, muitas coisas me aconteceram, e aqui estou. Você também cresceu, embora já fosse bem crescido, muitas coisas lhe aconteceram, você aí está. De vez em quando tenho notícias suas por amigos comuns, de vez em quando cruzamos na rua um com o outro, chegamos mesmo a trocar palavras de cordialidade, somos velhos conhecidos, nada temos um contra o outro.

A não ser o bodoque. Seu candidato venceu nas eleições, você veio para o Rio, foi nomeado para um alto cargo administrativo onde, dizem os jornais, tem revelado competência. Fico muito satisfeito com isso, você levando a sua vida e eu a minha, está tudo muito bem.

A não ser o bodoque. Seu nome, para mim, antes de mais nada, continua ligado ao bodoque que você me tomou e nunca mais devolveu. Só porque era escoteiro. Ora, tenha paciência! Hoje não sou menino mais, você pode ser mais alto e mais velho do que eu, pode ser muito importante, diretor, ministro, ou lá o que seja, até presidente da República, não me espantaria, do jeito que as coisas vão — mas eu sou homem também. E se você quer que eu te considere um homem, antes de mais nada me devolve meu bodoque. Eu quero meu bodoque.

A COMPANHEIRA DE VIAGEM

A moça vai para a Europa de navio e um amigo que lá se encontra lhe encomendou... um macaco. Para que ele quer um macaco, não cheguei a ficar sabendo, e creio que nem ela mesma. Em todo caso, como sua viagem será de navio, comprou o macaco, conforme a encomenda: um macaquinho desses pequenos, quase um sagüi, de rabo comprido, que coçam a barriga e imitam a gente. Meteu-o numa gaiola e lá se foi para legalizar a situação do seu companheiro de viagem.

Não precisou propriamente de um passaporte para ele: precisou de atestado de saúde, de vacina, disso e daquilo — além do competente visto em cada um dos consulados dos países que pretende percorrer até chegar ao seu destino. Depois foi à companhia de navegação da qual será passageira, cuidar da licença para ter o bichinho consigo a bordo.

O funcionário que a atendeu, sem querer criar dificuldades, fez-lhe ver que até então não estava previsto o transporte de macacos junto com os passageiros nos navios daquela frota.

— A senhora não me leve a mal, mas olhe aqui.

E mostrou-lhe um impresso no qual se estipulava que os passageiros teriam de pagar um acréscimo no preço da passagem, em escala crescente, para carregar consigo aves, gatos e cachorros.

— Macaco é a primeira vez que ocorre, por isso até hoje não foi incluído na tabela. Mas não se preocupe: ele poderá viajar como cachorro.

O que significava que ela teria de pagar o preço mais alto da tabela pela viagem do macaquinho.

— Como cachorro? — protestou: — E por que não como gato?

— Porque a incluí-lo em alguma categoria, me parece que a mais aproximada seja a dos cachorros.

— Por quê?

— Porque entre um macaco e um cachorro...

— Não vejo semelhança nenhuma entre um macaco e um cachorro.

O funcionário coçou a cabeça, no que foi logo imitado pelo macaquinho, preso na sua gaiola:

— Bem, mas também não acho que ele se pareça com um gato.

— Eu não disse que ele se parece com um gato — insistiu ela: — Só não vejo por que hei de pagar por ele segundo a tabela mais cara. Para mim ele podia ir até como ave. Já não está numa gaiola?

O homem começou a rir:

— Quer dizer que basta meter dentro de uma gaiola que é ave? Ave tem duas pernas, macaco tem quatro.

— Quer dizer que eu sou ave, porque também tenho duas pernas — retrucou ela.

— É uma questão de tamanho... — vacilou ele.

— De tamanho? E a diferença entre uma avestruz e um beija-flor?

Os outros funcionários se aproximaram, interessados na controvérsia.

— Na minha opinião ele pode ir perfeitamente como gato — sugeriu um deles, conquistando logo um sorriso agradecido da dona do macaco: — Gato sobe em árvore, macaco também...

— Gato mia — tornou o homem: — Macaco mia?

— Não mia nem late, essa é boa.

— Ah, é? Basta latir para ser cachorro? Então au! au! au! Agora eu sou um cachorro.

— Eu não disse que bastava latir para ser cachorro — o outro funcionário respondeu, agastado: — Você disse que ele se parece mais com um cachorro. Eu disse que ele pode ir como cachorro ou como gato, tanto faz — a semelhança é a mesma.

— Ou como ave — acrescentou a dona do macaco.

— Não: como ave também não.

Outro passageiro, que aguardava a vez de extrair sua passagem, resolveu entrar na conversa:

— Me permitem uma sugestão?

Todos se voltaram para ele, interessados.

— A seguir esse critério de semelhança, vocês não chegam a resultado nenhum. Ave é ave, gato é gato, cachorro é cachorro.

— Macaco é macaco. E daí?

— Daí que os senhores têm de criar para ele uma categoria nova, eis tudo — encerrou o homem.

— Então vai pagar mais ainda que cachorro.

— Absolutamente. Macaco é o bicho que mais

se assemelha ao homem. Esse macaquinho podia perfeitamente viajar como filho dela, por exemplo.

— Como filho meu? — protestou ela, indignada: — Tem cabimento o senhor vir dizer uma coisa dessas? Ele pode parecer é com o senhor, e com toda sua família, não comigo.

— Perdão — voltou-se o homem, muito delicado: — Não quis ofendê-la. Uma criancinha do tamanho deste macaco não pagaria nada, viajaria de graça. Era lá que eu queria chegar.

A essa altura resolveram consultar o gerente da companhia. Ele ouviu com silencioso interesse a explanação que lhe fez o funcionário, olhou para o macaquinho, para a dona dele, para os circunstantes.

— Vai como gato — decidiu peremptoriamente, encerrando a discussão.

Não sem antes acrescentar, em tom mais discreto:

— Aliás, devo dizer, a bem da verdade, que não se trata de um macaco, mas de uma macaca.

HAY QUE VIGILAR

Estamos vivendo dias de tamanha confusão na ordem das coisas, que a princípio achei natural a geladeira estar esquentando em vez de esfriar. Só faltava tirar gelo do aquecedor do banheiro, aquecer meu banho com a máquina de lavar e lavar a roupa no fogão. Reina muita confusão por este mundo, que dirá numa casa depois de uma mudança.

Hoje telefonei para um especialista em geladeiras, de uma loja que se anunciava no catálogo amarelo de telefones. Vinte minutos mais tarde batia à minha porta um sujeito com cara de consertador de geladeiras. Levei-o à cozinha:

— Está esquentando, em vez de esfriar.

Ele deu uma olhada sagaz e foi falando logo, muito entendido:

— É o termostato. Uma peça cara... Mas tem de ser mudado. Consigo para o senhor por dezoito mil cruzeiros. Aí fora o senhor não compra por menos de trinta.

Aí fora onde? E por que conseguia para mim tão mais barato, se nunca me tinha visto mais gordo? Antes, porém, que eu começasse a desconfiar, o telefone chamou. Fui atender — era da casa de consertos de geladeiras, querendo saber a que horas podia mandar o mecânico.

— Ele já está aqui.

— Não é possível. Não mandamos ninguém ainda.

À vista do quê, voltei à cozinha para interpelar o vivaldino. Ele já havia fugido, tão logo ouvira minha conversa ao telefone — e não havendo mais nada a furtar, levara-me meia dúzia de bananas que estavam em cima da geladeira. Por pouco não fico sem os dezoito mil cruzeiros do termostato novo.

Depois veio o mecânico legítimo. Com este tomei cá as minhas precauções, submeti-o a verdadeira sabatina sobre geladeiras e o mau funcionamento dos termostatos. Depois contei-lhe o incidente, ele ficou indignado:

— Hoje em dia não se pode facilitar!

E contou-me que eles ficam rondando as casas de conserto, apanham o endereço dado pelo telefone e se antecipam no chamado, para passar a perna no freguês. Mas que era mesmo no termostato, não havia dúvida alguma: só que não precisava comprar outro novo, ele daria um jeito.

Deu um jeito e foi-se embora, depois de me cobrar cinqüenta mil cruzeiros.

E a geladeira ainda está esquentando.

— O defeito é no som ou na imagem?

A princípio fiquei pensando no presumível som de minha geladeira. Às vezes, alta noite, surpreendo-a tremelicando seu corpo branco e quadrado num ritmo surdo que lhe vem das entranhas, como num samba glacial. Só quando pensei na imagem é que dei por mim: desta vez o defeito era na televisão.

— Ora no som, ora na imagem. Atualmente, em ambos ao mesmo tempo. Simplesmente se recusa a funcionar.

O homem desmontou a televisão, tornou a montar:

— O senhor quer saber de uma coisa? Ela estava mesmo com defeito — disse ele, solenemente, com ares de quem descobriu a pólvora. E cobrou-me setenta mil e quatrocentos cruzeiros — de acordo lá com uma tabela, a que houve por bem se referir.

A televisão por enquanto está funcionando. De vez em quando a imagem entorta para os lados ou cresce um ovo na cabeça das pessoas, mas não tem importância, a gente escuta o que elas falam e do pescoço para baixo está tudo bem.

— É da tinturaria? — sou eu que pergunto agora.

— É sim senhor — me responde uma voz lavada e passada a seco.

— Quer mandar buscar aqui um terno?

E dou o endereço. Vem um homem e leva o terno.

Mas não era da tinturaria.

Tempos difíceis! Hay que vigilar — como dizia o Espanhol, aquele antigo garçom do Alcazar, em Copacabana. Y mucho — acrescento eu.

CONFUSÃO COM SÃO PEDRO

Você vai neste avião, eu vou no próximo — decidiu ela de súbito, no último instante, quando o alto-falante já convocava os passageiros: queiram apresentar suas despedidas e boa viagem.

Ele deu um suspiro desalentado. Já fora um custo convencer a mulher a viajarem de avião. Ela dizia que tinha medo, por que não vamos de trem? E passara a noite toda naquela conversa, olha, meu bem, tenho um pressentimento ruim... Quando já estavam praticamente embarcados, vinha com novidade.

— Que bobagem é essa?

— Eu vou no outro — insistiu ela, aflita: — Tem outro avião daqui a meia hora.

— Mas por que isso assim de repente?

Ela o olhava nos olhos como se despedindo dele para sempre:

— Não podemos correr tanto risco juntos, meu bem, seja razoável. Temos nossos filhos, imagine se acontece alguma coisa.

— Não vai acontecer nada, mulher.

— Eu sei que não tem perigo, que é o transporte mais seguro do mundo, e as estatísticas, e essa coisa toda, você já me explicou. Mas pense um pouco nos nossos filhos, pelo amor de Deus! Eu indo num e você noutro, sempre é uma chance de pelo menos um de nós dois escapar.

— Olha aí, já estão chamando de novo. Vamos embora, mulher.

Ela fincara pé, irredutível. Sem mais tempo para argumentar, ele acabou cedendo:

— Está bem, seja como você quiser! Mas então vai nesse, eu vou no outro. Se eu deixar você aqui, você acaba não indo.

Despediu-se dela, aborrecido, e foi tratar da transferência de sua passagem.

A mulher entrou no avião como num túmulo, o coração aos pulos. A porta se fechou, desligando-a para sempre do mundo. A seu lado, viajava um padre, alheio a tudo, mergulhado no breviário.

De súbito o avião, já em pleno vôo, começou a jogar. Eu não disse? eu não disse? Entraram numa nuvem escura e nunca mais saíam dela.

Em pânico, chamou o comissário: não é nada, minha senhora, uma pequena tempestade, estamos fazendo vôo cego.

Vôo cego! Sentindo-se perdida, voltou-se para o padre:

— Estou com tanto medo, seu padre.

O padre a olhou, desconfiado:

— Reza, que é melhor.

E voltou ao seu breviário. Rezar? Não, ela não sabia rezar. Lembrou-se de São Pedro, que era quem devia manobrar chuvas e tempestades — juntou as mãos e pediu-lhe auxílio:

— São Pedro, piedade de mim. Tenho meus

filhos para criar. Fui criada sem mãe, o senhor não imagina a falta que uma mãe faz. Todos na minha família ficaram assim feito eu, só porque não tiveram mãe. Que será dos meus filhos sem mãe, São Pedro, mãe faz muito mais falta que pai, por favor me protege, se for preciso transfere essa tempestade para o avião dele, mas me salva desta que noutra eu nunca mais hei de me meter.

A falta de mãe não lhe abalara o prestígio junto a São Pedro — tanto assim que em pouco o avião deixava para trás a tempestade e saía para um céu azul, e logo descia no aeroporto sem mais novidades. Estava salva!

Comprou uma revista, sentou-se num canto e pôs-se a esperar o avião do marido. Esperou meia hora. Como ele nunca mais chegasse, correu, já aflita, a informar-se no balcão. Soube que não havia nada de especial: as más condições do tempo às vezes ocasionavam algum atraso.

— Más condições do tempo?

Não tinha dúvida, era a tempestade que mandara para ele. Roída de remorsos juntou as mãos ali mesmo, em frente ao funcionário assombrado:

— São Pedro, essa não! Não faça isso comigo. Era mentira, o senhor não vai me levar a sério. O pai faz muito mais falta que a mãe, quem é que foi meter uma bobagem dessa na minha cabeça? Ele trabalha para sustentar a família, eu não faço nada que preste. E logo ele, tão bom que ele é, tão carinhoso, por favor, São Pedro, não faça isso com ele, joga essa tempestade para cima de outro que não tenha filhos, para cima dele não!

Em pouco São Pedro voltava a atendê-la, fazendo o marido desembarcar no aeroporto, são e salvo:

— Que cara é essa? Você está parecendo um fantasma! Aconteceu alguma coisa?

Ela se abraçou a ele, ansiosa:

— Você está bem? Você me perdoa?

— Eh, que novidade você vai inventar agora? Perdoar o quê, mulher?

— Tudo por minha culpa — choramingou ela. — Mas graças a Deus você está salvo. Fiz uma confusão enorme com São Pedro, você nem imagina. Da próxima vez, quer saber de uma coisa? vou com você, morreremos juntos, nossos filhos que se danem.

Ele a olhou, francamente apreensivo. "Acho que essa minha mulher está ficando maluca", pensou.

POLTRONAS NUMERADAS

Quando entramos, o espetáculo já se havia iniciado. No modesto picadeiro os empregados tentavam estender um tapete enquanto dois palhaços davam saltos-mortais. Galgamos às pressas a arquibancada e nos instalamos na tábua frágil, já superlotada, que se vergou mais ainda ao nosso peso.

— Acho melhor a gente sair daqui — pediu Clarice.

— Para onde? Não tem mais lugar.

Havia ainda duas poltronas vagas lá embaixo, entre as longas filas numeradas que cercavam o picadeiro.

— A gente paga a diferença — expliquei.

Apoiando-nos na perna de um, no ombro de outro, realizamos a proeza de descer dali e passar para as poltronas. Fora-se a ilusão de que a alegria de um circo só atingia a quem estivesse no poleiro. Já não éramos crianças; as poltronas não passavam de duas frágeis cadeirinhas de armar, vestidas de uma capa vermelha e desbotada, e presumia-se que fossem tidas como lugares de nobre categoria, entre o picadeiro e a plebe nas gerais. Minha amiga Clarice Lispector merece bem mais do que isso.

O espetáculo prosseguia: dois anõezinhos faziam gatimonhas, para logo dar lugar ao casal de amestradores e três cavalões brancos. A orquestra atacou uma valsa. O dono do circo anunciava: respeitável público! e os aplausos rompiam. Nós também aplaudíamos, felizes: integrados no público, sentíamo-nos respeitáveis, e tudo era lindo, a tarde perfeita.

Foi Clarice quem os viu primeiro. Empurrou-me o braço com o seu, ansiosa: olha ali. Sim, eles haviam chegado, os donos das duas cadeiras vagas. E o pior é que não era um casal qualquer. Ele gordo, meio calvo, dessa espécie de negro que parece ter sido muito mais negro na mocidade e cuja pele foi-se clareando com a idade; tinha a compostura modesta de um funcionário público em vésperas de aposentadoria. Ela, embora mais magra do que o marido, parecia mais velha — os cabelos ásperos, presos em coque, eram grisalhos, quase brancos. Ambos estavam muito corretos nas suas roupas de domingo, ele de terno azul-marinho, ela num vestido também azul de bolinhas brancas. Examinavam os bilhetes, confabulavam, tornavam a procurar. Alguém lá atrás gritou "senta!", logo outros fizeram coro. Desorientados, voltaram-se para o empregado do circo, na sua farda amarela de enfeites azüis: aqui os nossos bilhetes — o marido parecia dizer, muito digno, exibindo os bilhetes, e a mulher secundava com a cabeça. "Senta!", tornaram a gritar, "olha a frente!" No picadeiro a moça acabava de saltar sobre o cavalo que corria em círculo, todo mundo aplaudia, aplaudi também. Clarice me puxou pelo braço, aflita:

— Olha lá: vamos ter de sair, olha lá.

Olhei: o empregado conferia os bilhetes e corria a vista pela fila de cadeiras até localizar-nos. Fez, porém, um ar aborrecido e se voltou para os dois retardatários, falou qualquer coisa gesticulando: tenham paciência, agora não é possível ir lá no meio desalojar duas pessoas só para acomodar outras duas... Mas eles estavam no seu direito — era o que o dono das cadeiras parecia estar ponderando agora: tinham comprado duas poltronas, que custavam mais caro, e com antecedência, passaram todo o mês aguardando aquele momento, eles que nunca saíam, nunca passeavam, não tinham dinheiro para essas coisas, e logo agora, só porque chegaram um pouco mais tarde... O empregado tornou a olhar para o nosso lado. Viramos rápido o rosto para a frente, e o cavalo branco estava simplesmente *dançando* ao som da valsa!

— Não olha mais não — pedi à Clarice, também aflito: — Sair daqui agora é que não é possível: vamos perturbar todo mundo. Finge que não vê.

O empregado parecia estar dizendo a mesma coisa: o que é que eu posso fazer? tirar os outros do lugar? por que não chegaram cedo? Querem que eu interrompa o espetáculo? E esticou o braço num gesto largo, apontando a arquibancada.

— O que está acontecendo? — Clarice, agoniada, perguntou-me ao ouvido, e fingia aplaudir a despedida deslumbrante dos três cavalos brancos que saíam do picadeiro a galope.

— Nada não: já se acomodaram — respondi. — A culpa não foi nossa.

Pude ver ainda o casal ser conduzido pelo empregado com sua farda amarela de enfeites azuis até as prateleiras de tábua superlotadas: ele, conformado, enxugando com o lenço o suor da testa e ela seguindo atrás, desapontada, mas com dignidade. Em pouco desapareciam, tragados pela multidão nas arquibancadas.

Enquanto Clarice continuava a olhá-los, estática, pus-me então, como um canalha, a aplaudir freneticamente a equilibrista japonesa, que fazia prodígios em cima de um arame esticado.

HORA DE DORMIR

— Por que não posso ficar vendo televisão?
— Porque você tem de dormir.
— Por quê?
— Porque está na hora, ora essa.
— Hora essa?
— Além do mais, isso não é programa para menino.
— Por quê?
— Porque é assunto de gente grande, que você não entende.
— Estou entendendo tudo.
— Mas não serve para você. É impróprio.
— Vai ter mulher pelada?
— Que bobagem é essa? Ande, vá dormir que você tem colégio amanhã cedo.
— Todo dia eu tenho.
— Está bem, todo dia você tem. Agora desligue isso e vá dormir.
— Espera um pouquinho.
— Não espero não.
— Você vai ficar aí vendo e eu não vou.
— Fico vendo não, pode desligar. Tenho horror de televisão. Vamos, obedeça a seu pai.

— Os outros meninos todos dormem tarde, só eu que durmo cedo.

— Não tenho nada que ver com os outros meninos: tenho que ver com meu filho. Já para a cama.

— Também eu vou para a cama e não durmo, pronto. Fico acordado a noite toda.

— Não comece com coisa não, que eu perco a paciência.

— Pode perder.

— Deixe de ser malcriado.

— Você mesmo que me criou.

— O quê? Isso é maneira de falar com seu pai?

— Falo como quiser, pronto.

— Não fique respondendo não: cale essa boca.

— Não calo. A boca é minha.

— Olha que eu ponho de castigo.

— Pode pôr.

— Venha cá! Se der mais um pio, vai levar umas palmadas.

— . . .

— Quem é que anda lhe ensinando esses modos? Você está ficando é muito insolente.

— Ficando o quê?

— Atrevido, malcriado. Eu com sua idade já sabia obedecer. Quando é que eu teria coragem de responder a meu pai como você faz. Ele me descia o braço, não tinha conversa. Eu porque sou muito mole, você fica abusando. . . Quando ele falava está na hora de dormir, estava na hora de dormir.

— Naquele tempo não tinha televisão.

— Mas tinha outras coisas.

— Que outras coisas?

— Ora, deixe de conversa. Vamos desligar esse negócio. Pronto, acabou-se. Agora é tratar de dormir.

— Chato.

— Como? Repete, para você ver o que acontece.

— Chato.

— Tome, para você aprender. E amanhã fica de castigo, está ouvindo? Para aprender a ter respeito a seu pai.

— ...

— E não adianta ficar aí chorando feito bobo. Venha cá.

— Amanhã eu não vou ao colégio.

— Vai sim senhor. E não adianta ficar fazendo essa carinha, não pense que me comove. Anda, venha cá.

— Você me bateu...

— Bati porque você mereceu. Já acabou, pare de chorar. Foi de leve, não doeu nem nada. Peça perdão a seu pai e vá dormir.

— ...

— Por que você é assim, meu filho? Só para me aborrecer. Sou tão bom para você, você não reconhece. Faço tudo que você me pede, os maiores sacrifícios. Todo dia trago para você uma coisa da rua. Trabalho o dia todo por sua causa mesmo, e quando chego em casa para descansar um pouco, você vem com essas coisas. Então é assim que se faz?

— ...

— Então você não tem pena de seu pai? Vamos! Tome a bênção e vá dormir.

— Papai.
— Que é?
— Me desculpe.
— Está desculpado. Deus o abençoe. Agora vai.
— Por que não posso ficar vendo televisão?

A VINGANÇA

O irmão mais novo foi assassinado, numa rixa de botequim lá na cidade. A notícia lhe chegou logo, trazida à fazenda por um de seus vaqueiros. O assassino havia fugido, tomando rumo ignorado.

— Se o senhor quiser, nós vamos caçar o homem, patrão.

— Deixa — ordenou ele: — Isso é serviço para mim.

Na manhã seguinte, depois do enterro, montou no seu cavalo e partiu. Virou a região de pernas para o ar, colhendo informações aqui e ali: eram parcas as notícias do assassino. Acabou perdendo seu rastro e ao fim de uma semana regressou, estropiado, sujo, barba por fazer:

— Não faço esta barba enquanto não der cabo dele — jurou.

A mulher sugeriu-lhe que ao menos tomasse um banho. Recusou-se:

— Quando raspar a barba eu tomo.

E se deixou ficar, como estava, estirado na rede. Nos dias que se seguiram não fez outra coisa senão treinar pontaria, dando tiros de revólver no terreiro.

Largou de lado a administração da fazenda. Em vão o pessoal o procurava, atrapalhado.

— Não faço mais nada enquanto não liquidar o homem.

Parecia um fantasma, andando pelos cantos, com sua idéia fixa na cabeça: sujo, barbado, descabelado e fedorento. Ninguém tinha coragem de se aproximar dele. À tarde deitava-se na rede, uma nuvem de mosquitos o rodeava. Dali mesmo praticava tiro ao alvo: o mourão da porteira já estava todo marcado de bala.

— Parece um bicho — queixava-se a mulher, tentando demovê-lo: — Tira essa idéia desgraçada da cabeça!

— Eu jurei que acabava com ele: então não sou homem de cumprir um juramento?

— Acaba com ele mas toma um banho, homem de Deus!

Às vezes chegava uma notícia e ele desaparecia por alguns dias. Regressava cada vez mais sujo e barbado:

— Esteve em Paracatu: escapou por pouco.

Descansava uma semana e tornava a sair. Voltava, desanimado.

— Dizem que fugiu para Goiás. Vou até o fim do mundo.

No dia em que vieram lhe dizer que o homem havia morrido em Goiás, e de morte morrida, quase perdeu a cabeça:

— E agora? Estou liquidado. Nunca mais faço a barba. Nunca mais tomo banho.

Rogou duas pragas, cuspiu para o lado, passou a mão no revólver e saiu.

No botequim da cidade, pôs-se a beber cachaça junto ao balcão.

— Dizem que o homem morreu...

— Estou me danando.

— O senhor está vingado.

— Vingado uma ova: não matei ele, essa é boa!

— O senhor não pode matar um morto.

— Mas também não posso mais fazer a barba. Quem é aquele frajola?

Numa das mesas ao fundo um cometa, recém-chegado na cidade, contava lorotas para dois capiaus. Vestia um terninho tropical, usava sapato branco e marrom, camisa riscadinha e gravata-borboleta de bolinhas. Tinha o cabelo esticado a brilhantina e era o que se podia mesmo chamar de frajola: usava óculos raibã, lenço colorido no bolso do paletó, e com gestos delicados ia enchendo de fumo americano um cachimbo de espuma-do-mar. Viajava de cidade em cidade negociando miraculosas mercadorias:

— Vejam o meu caso — dizia no momento, todo pernóstico: — Também saí de um lugarejo como este e hoje sou isto que vocês vêem.

Junto ao balcão o barbudo o observava.

— Quem é esse boneco? — repetiu, carrancudo: — Não vou com a cara dele.

— Chama-se Clodomir — informaram-lhe

— Clodomir? Isso é lá nome de gente?

Sacou do revólver, e antes que o impedissem, fez pontaria, atirou. A bala acertou em cheio no cachimbo que Clodomir acabava de levar à boca, espatifando-o no ar. A estupefação foi geral. Clodomir se deixou ficar, estatelado de susto. O homem soprou calmamente a fumaça da arma e colocou-a no coldre:

— Quer saber de uma coisa? Estou vingado.

No mesmo dia tomou um banho, fez a barba.

A LONGA VIAGEM DE VOLTA

O poeta era a última pessoa que Valdomiro desejava encontrar na rua quando a caminho de casa:

— Valdomiro, há quanto tempo! Procurando condução? Venha comigo. Levo você de carro.

— Hoje não, tenha paciência. Prometi à minha mulher.

— Já sei. Também prometi à minha. Vamos chegar em cima da hora, fique tranqüilo.

— Só vou se você me levar direto para casa.

— Pode ficar descansado que ainda é cedo. O tempo que você gastaria esperando condução é mais que de sobra para a gente tomar uma coisinha ali no Serrador.

— Olha aí, eu não disse? Você está é doido: conheço suas coisinhas — e Valdomiro suspirou, sentindo-se perdido.

Foram tomar uma coisinha no Serrador. Várias coisinhas.

— Por favor, está na hora — advertia Valdomiro a todo momento.

— Vamos, vamos agorinha. O carro está ali mesmo.

Depois de um último foram pegar o carro:

— O tráfego a esta hora é uma miséria. Poderíamos ter tomado mais um e esperado um pouco, ganharíamos tempo. Por Voluntários ou por Copacabana?

— Voluntários. Mais rápido.

Foram por Copacabana, porque o poeta tinha de dar um recado ao Geraldo — e o Geraldo, como você sabe, mora em Copacabana. Coisa de um minuto, se você não se incomoda.

— Não me incomodo. Espero no carro.

— Não faça uma coisa dessa com o Geraldo. Sobe um instante, ele vai ficar satisfeito de te ver.

Geraldo ficou tão satisfeito que serviu um uísque aos visitantes. Valdomiro ameaçou sair, o poeta se adiantou:

— Mas imediatamente! Estou às suas ordens: quando quiser sair, é só avisar. Deixa eu terminar estezinho.

Saíram, afinal. O poeta fazendo sempre o que Valdomiro quisesse:

— O que você quiser. Podemos, por exemplo, tomar um último ali no Michel.

— Quero ir para casa. Você vai tomar um último no Michel e eu vou tomar um táxi.

— Faço questão de te levar, que diabo. Tenho de chegar cedo em casa, já não te disse? A menos que você insista em ficar.

Um último no Michel — e o penúltimo, o antepenúltimo. Ao saírem, Valdomiro ainda teve forças para tentar a retirada:

— Por favor, tenho de ir embora.

— Vamos juntos, rapaz, que é que há? É só você falar, que estará em casa na mesma hora. Se fizer muita questão, podemos dar uma espiada no Sacha's, mas só uma espiada. Não me incomodo, é caminho.

Não era caminho, mas foram dar uma espiada no Sacha's, já que Valdomiro fazia tanta questão. Só que não haveriam de sentar-se numa mesa e tomar só um, que diabo:

— Daqui a pouco nós vamos. Estamos de saída.

— Isso mesmo. Ainda é cedo — concordava Valdomiro, entregando os pontos.

Saíram com o dia claro. Valdomiro caiu em si e ameaçou correr para um táxi, não só porque pusesse em dúvida a capacidade de dirigir do poeta, mas por haver, ainda, a sugestão de comerem ostras frescas no mercado: detestava ostras.

— Quer saber de uma coisa? Agora eu vou para casa de qualquer maneira. Você vá para o diabo.

— Espera, espera! Não me faça essa desfeita: já podia ter te levado há muito tempo, por que você não falou?

O poeta deixou enfim Valdomiro em casa, já que este recusava terminantemente a idéia de tomarem ainda uma cervejinha, geladíssima, ali no botequim da esquina, para rebater. E foi também para casa, maldizendo a volta a que se viu obrigado. Encontrou a mulher já acordada.

— O Valdomiro! — abriu os braços, desalentado: — Imagina você, eu vinha para casa, ele me segurou na rua até esta hora, me arrastando por tudo quanto é bar. Me forçou a acompanhá-lo, não houve jeito. Fiquei preocupado... Positivamente, não sei o que há com o Valdomiro.

FOME DE AMOR

Quando um dos presos perguntava: "Mas afinal o que é que há com ele?", logo surgia num sussurro a palavra terrível como uma condenação: "Mulher". Alguém explicava que a namorada o abandonara, casando-se com outro. As circunstâncias em que se dera mais esse drama de amor, entretanto, e o local onde se realizaram os esponsais (na delegacia do 2.° Distrito) não lhe inspiraram outra reação mais digna que tentar matar o rival à porta de um cinema — pelo que fora preso, depois de armar escândalo e levar uma boa surra.

— Tomaram a mulher dele e ainda bateram nele — informavam discretamente.

Com o tempo, começou a desaguar as mágoas no fluxo amargo das confidências. Fazia queixas patéticas: tratava-se de uma ingrata, malvada, perversa, sem coração.

— Em suma: uma grandessíssima vaca.

Depois sua revolta foi-se abrandando, com a lembrança de outros tempos mais felizes. Tornava-se meigo e lírico. Contou como se amavam e, num processo retrospectivo de recordações, ia-se afastando da traição sofrida, enquanto recompunha seus frustrados sonhos. Neles, a namorada se submetia a uma gradativa evolução de metáforas pela qual, de vaca que era antes, chegou a ser um lírio, depois de ter sido sucessivamente estátua, crepúsculo, árvore e passarinho.

Para a indiferença mal disfarçada dos companheiros de prisão, narrava agora como fora o primeiro encontro:

— Foi de tarde. Uma tarde muito clara, o mar muito verde. Ela vinha vindo ao longo da praia, com um vestido leve, todo branco, os braços nus... Tinha os cabelos escorridos como de quem acabou de sair do banho. Sua pele era um pouco queimada de sol, mas não chegava a ser bronzeada, era assim de uma cor meio dourada, assim como a de um franguinho assado...

— Desses bem novinhos? — perguntou um dos ouvintes, já vivamente interessado.

— É isso mesmo — continuou ele, se entusiasmando: — Bem novinho, de espeto, e ainda com um resto de gordura. A pele bem esticada, muito fina, quase estalando.

— E o peito — acrescentou outro: — Bem cheio, recheado, com aquela carne muito branca.

— Perto da coxa, aquela parte mais torradinha...

Começaram a destrinchar o frango, famélicos, disputando cada um seu pedaço:

— A coxa. Eu gosto mais da coxa.

— A coxa é minha.

— E a asa — sugeriu um deles, olhar brilhante: — Vocês estão esquecendo a asa, pessoal: a gente puxa e ela desgarra, arrancando uns fiapos... É a parte melhor.

— É verdade, esquecemos a asa — continuava o rapaz, já esquecido de sua amada e apaixonado pelo frango: — A asa e o pescoço. O pescoço é uma parte que eu prefiro. Depois de arrancar a carne com os dentes a gente vai chupando os ossinhos um por um.

— Recheado com farofa, você disse.

— Com farofa e azeitona — arrematou outro, já de olho mole: — De vez em quando a gente encontra uma azeitona sem caroço.

— Um frango assado dá trabalho para comer, mas como é bom! — concordaram todos já saciados.

O autor da feliz imagem, porém, quis ainda comer mais um pouco:

— Sempre sobra um pedaço de pele, bem torrada, daquela pelezinha de galeto muito tenra, meio arrepiada, que até parece pele de moça depois do banho.

De repente caiu em si, mas era tarde: a imaginação esfaimada já remexia no interior da namorada, fisgando aqui e ali os seus despojos, para descobrir finalmente a parte melhor:

— O coração! — exclamou. — Esquecemos o coração.

E numa boa dentada comeu para terminar o coraçãozinho do frango, que vinha a ser o da moça assim desamada, bem amargo este, e duro, com a dureza das ingratidões.

AS COISINHAS DO POETA

O poeta vacilou sobre as pernas, teve de apoiar a cabeça no batente ao tentar abrir a porta. Puxa, que eu estou pior do que pensava — rosnou. Se ela acordar, vai ter.

Encontrou a mulher a esperá-lo, sentada na cama. Pronto, estou perdido. Tentou ainda um ar displicente:

— Fiquei por aí tomando uma coisinha...

— Estou te esperando há séculos — cortou ela: — Tia Bebeta telefonou. Seu primo morreu.

— Meu primo? — ele arregalou os olhos: — Não me diga...

— Ora, deixe de coisa: você sabia que ele estava nas últimas. Não fica aí todo choroso não, que você mal se lembrava dele. Agora você tem de ir para o velório, lá na Tijuca.

— Eu? — fez o poeta, batendo no peito; com o gesto, cambaleou, por pouco não tombou sobre a cama: — Na Tijuca? Mas se você mesma acaba de dizer que eu mal me lembrava dele...

— Um de nós tem de ir. Eu não posso deixar as crianças sozinhas em casa. Vai você — e ela o olhou, descrente: — Se é que agüenta chegar até lá. Você e suas coisinhas...

O poeta acabou chamando um táxi e bateu-se para a Tijuca: mais esta agora. Velório do primo. Tia Bebeta, a quem mal conhecia, caiu-lhe nos braços assim que o viu.

— Morreu como um passarinho? — perguntou o poeta.

E foi-se embrenhando pelo recesso da casa. Era um longo corredor às escuras: tropeçou num degrau imaginário, perdeu o equilíbrio e projetou-se para a frente, aos trambolhões, praguejando entre dentes. Irrompeu na sala do velório dando patadas no ar, por pouco não tombou sobre o caixão. Cadeiras ao longo das quatro paredes, a parentada toda a olhá-lo, espantada.

— Desculpe, primo — escusou-se o poeta, desviando-se do caixão: — Aquele degrau...

Buscou uma cadeira junto à porta, ar compungido. Outras pessoas emergiam de vez em quando do corredor.

— Cuidado com o degrau — o poeta, prestimoso, advertia baixinho.

O recém-chegado, prevenido, entrava na sala em posturas grotescas que ninguém entendia, como um patinador improvisado, a perna esticada, tateando com o pé. O poeta disparou a rir. Alguém chorava a um canto. Uma senhora de chapéu ajeitava flores no caixão. Deixando pender a cabeça e esticando as pernas, em pouco o poeta roncava a sono solto.

Chegara a hora de levar o corpo para a capela, onde passaria o resto da noite. Os parentes se aproximavam do caixão, um a um, solenes e graves. Tia Bebeta puxou o poeta pelo braço:

— Não vai se despedir dele?

— De quem? — saltou o poeta, estremunhado.

Olhou ao redor: chegara a sua vez. Era o que aguardavam, para poder fechar o caixão. Ergueu-se a custo, endireitou-se e avançou pela ala que se abria para ele. Gordo, imenso, quase não cabendo no caixão, o primo aguardava também. O poeta aproximou-se, ficou a olhá-lo muito sério, sem saber o que fazer. Deu-lhe enfim um tapinha na bochecha fria:

— Até logo, bichão — falou apenas, com voz soturna.

Voltou-se com os lábios apertados e olhar trágico, foi caminhando lentamente pelo corredor. Ao se ver só, aproveitou a oportunidade e apertou o passo, ganhou a rua, correu até o ponto de táxi da esquina.

— Uff! Para Copacabana. Quem sou eu, primo?

E suspirou, reconfortado: dava tempo de ainda tomar qualquer coisinha.

NA ESCURIDÃO MISERÁVEL

Eram sete horas da noite quando entrei no carro, ali no Jardim Botânico. Senti que alguém me observava, enquanto punha o motor em movimento. Voltei-me e dei com uns olhos grandes e parados como os de um bicho, a me espiar, através do vidro da janela, junto ao meio-fio. Eram de uma negrinha mirrada, raquítica, um fiapo de gente encostado ao poste como um animalzinho, não teria mais que uns sete anos. Inclinei-me sobre o banco, abaixando o vidro:

— O que foi, minha filha? — perguntei, naturalmente, pensando tratar-se de esmola.

— Nada não senhor — respondeu-me, a medo, um fio de voz infantil.

— O que é que você está me olhando aí?

— Nada não senhor — repetiu. — Tou esperando o ônibus. . .

— Onde é que você mora?

— Na praia do Pinto.

— Vou para aquele lado. Quer uma carona?

Ela vacilou, intimidada. Insisti, abrindo a porta:

— Entra aí, que eu te levo.

Acabou entrando, sentou-se na pontinha do banco, e enquanto a carro ganhava velocidade, ia olhando duro para a frente, não ousava fazer o menor movimento. Tentei puxar conversa:

— Como é o seu nome?

— Teresa.

— Quantos anos você tem, Teresa?

— Dez.

— E o que estava fazendo ali, tão longe de casa?

— A casa da minha patroa é ali.

— Patroa? Que patroa?

Pela sua resposta, pude entender que trabalhava na casa de uma família no Jardim Botânico: lavava roupa, varria a casa, servia à mesa. Entrava às sete da manhã, saía às oito da noite.

— Hoje saí mais cedo. Foi jantarado.

— Você já jantou?

— Não. Eu almocei.

— Você não almoça todo dia?

— Quando tem comida pra levar, eu almoço: mamãe faz um embrulho de comida pra mim.

— E quando não tem?

— Quando não tem, não tem — e ela até parecia sorrir, me olhando pela primeira vez. Na penumbra do carro, suas feições de criança, esquálidas, encardidas de pobreza, podiam ser as de uma velha. Eu não me continha mais de aflição, pensando nos meus filhos bem nutridos — um engasgo na garganta me afogava no que os homens experimentados chamam de sentimentalismo burguês:

— Mas não te dão comida lá? — perguntei, revoltado.

— Quando eu peço eles dão. Mas descontam no ordenado, mamãe disse para eu não pedir.

— E quanto é que você ganha?

Diminuí a marcha, assombrado, quase parei o carro. Ela mencionara uma importância ridícula, uma ninharia, não mais que alguns trocados. Meu impulso era voltar. bater na porta da tal mulher e meter-lhe a mão na cara.

— Como é que você foi parar na casa dessa... foi parar nessa casa? — perguntei ainda, enquanto o carro, ao fim de uma rua do Leblon, se aproximava das vielas da Praia do Pinto. Ela disparou a falar:

— Eu estava na feira com mamãe e então a madame pediu para eu carregar as compras e aí noutro dia pediu a mamãe pra eu trabalhar na casa dela, então mamãe deixou porque mamãe não pode deixar os filhos todos sozinhos e lá em casa é sete meninos fora dois grandes que já são soldados pode parar que é aqui moço, obrigado.

Mal detive o carro, ela abriu a porta e saltou, saiu correndo, perdeu-se logo na escuridão miserável da Praia do Pinto.

O PROGRAMA DOS VISITANTES

Eram jornalistas argentinos, em viagem pelo Brasil. Passaram dois dias no Rio — dois dias de chuva, quase nada puderam ver — e iam seguir para Minas, quando surgiu a novidade: conhecido escritor, com quem a delegação de jornalistas travou relações durante um almoço no Museu de Arte Moderna, insistia para que ficassem ainda aquela noite:

— Vamos sair por aí, minha gente — convidava, na euforia de três uísques: — Conhecer o Rio, que diabo! Vocês não podem ir embora assim sem mais nem menos, sem ter visto nada... Faço questão de levá-los hoje mesmo a uma macumba, por exemplo.

— Pero, como no — alvoroçaram-se os jornalistas.

Puseram-se a conferenciar, revendo horários já rigorosamente estabelecidos, para o cumprimento do programa que teriam de obedecer: tomariam o ônibus naquela noite. Belo Horizonte, Ouro Preto, Brasília, São Paulo... Tinham os dias contados. Sugerida antes, a idéia de ficar no Rio por mais uma noite seria imediatamente aceita: nada lhes parecia mais atraente que conhecer a vida noturna da cidade pela mão de tão ilustre figura, e ainda mais, assistir a uma sessão da famosa macumba, de que tanto já tinham ouvido falar. Mas agora... Houve relutância:

— Mira, hombre...

— Pero, todavía...

O escritor insistia, com entusiasmo:

— Vocês não têm a mais longínqua idéia do que estão perdendo. Vão se badalar por aí, de ônibus, parar em Ouro Preto, só para ver velharias... O negócio é aqui no Rio mesmo, ouçam o que eu estou dizendo.

Os argentinos não resistiram mais: acabaram concordando em perder o ônibus, deixar a partida para o dia seguinte. E, findo o jantar, saíram com seu novo cicerone para o prometido passeio.

O escritor conseguiu à última hora arrastar consigo um amigo:

— Você vem também, caramba! Não vou ficar falando castelhano a noite inteira.

Como eram muitos, tiveram de dividir-se, tomar um táxi.

— Eu vou aqui com meu amigo, no carro dele. Vocês vão no táxi, é só nos seguir.

— Pero, como no...

E os argentinos embarcaram no táxi, puseram-se a seguir o outro carro. Este saiu em disparada, enveredou por Copacabana, Corte do Cantagalo, Lagoa Rodrigo de Freitas, Ipanema, Leblon. Deteve-se, enfim, diante de um edifício — o táxi com os argentinos parou atrás.

Enquanto o escritor entrava pelo edifício adentro, seu amigo vinha explicar, meio ressabiado:

— Pediu que esperem um instante. Vai buscar uma amiga dele para vir também.

A notícia foi bem recebida: os visitantes trocaram comentários animados, na esperança de que a amiga do escritor, por sua vez, tivesse outras amigas. Meia hora se passou, no entanto, e ele nada de aparecer. Impacientes, resolveram interpelar seu companheiro, que também aguardava, lá no outro carro.

— Acho que o jeito é dar um pulo até lá para ver o que está acontecendo — ofereceu-se ele, indeciso.

Acabou indo, e em pouco voltava:

— Mandou pedir muitas desculpas, mas não pode vir.

E explicou, com a devida franqueza:

— Vai ficar por aí mesmo. Disse que pretexto como esse para passar a noite fora ele não encontra outro igual. Uma delegação de jornalistas argentinos! É o fino. Aliás vocês vão me permitir, mas sendo assim, também tenho uma amiga... Espero que vocês compreendam.

Despedindo-se, deixou os argentinos por sua conta e risco, no táxi, depois de sugerir um programa:

— Comer milho na Barra da Tijuca. É uma boa pedida.

ELOQÜÊNCIA SINGULAR

Mal iniciara seu discurso, o deputado embatucou:

— Senhor presidente: não sou daqueles que...

O verbo ia para o singular ou para o plural? Tudo indicava o plural. No entanto, podia perfeitamente ser o singular:

— Não sou daqueles que...

Não sou daqueles que recusam... No plural soava melhor. Mas era preciso precaver-se contra essas armadilhas da linguagem — que recusa? —, ele que tão facilmente caía nelas, e era logo massacrado com um aparte. Não sou daqueles que... Resolveu ganhar tempo:

— ...embora perfeitamente cônscio das minhas altas responsabilidades, como representante do povo nesta Casa, não sou...

Daqueles que recusa, evidente. Como é que podia ter pensado em plural? Era um desses casos que os gramáticos registram nas suas questiúnculas de português: ia para o singular, não tinha dúvida. Idiotismo de linguagem, devia ser.

— ...daqueles que, em momentos de extrema gravidade, como este que o Brasil atravessa...

Safara-se porque nem se lembrava do verbo que pretendia usar:

— Não sou daqueles que...

Daqueles que o quê? Qualquer coisa, contanto que atravessasse de uma vez essa traiçoeira pinguela gramatical em que sua oratória lamentavelmente se havia metido logo de saída. Mas a concordância? Qualquer verbo servia, desde que conjugado corretamente, no singular. Ou no plural:

— Não sou daqueles que, dizia eu — e é bom que se repita sempre, senhor presidente, para que possamos ser dignos da confiança em nós depositada...

Intercalava orações e mais orações, voltando sempre ao ponto de partida, incapaz de se definir por esta ou aquela concordância. Ambas com aparência castiça. Ambas legítimas. Ambas gramaticalmente lídimas, segundo o vernáculo:

— Neste momento tão grave para os destinos da nossa nacionalidade.

Ambas legítimas? Não, não podia ser. Sabia bem que a expressão "daqueles que" era coisa já estudada e decidida por tudo quanto é gramaticóide por aí, qualquer um sabia que levava sempre o verbo ao plural:

— ...não sou daqueles que, conforme afirmava...

Ou ao singular? Há exceções, e aquela bem podia ser uma delas. Daqueles que. Não sou UM daqueles que. Um que recusa, daqueles que recusam. Ah! o verbo era recusar:

— Senhor presidente. Meus nobres colegas.

A concordância que fosse para o diabo. Intercalou mais uma oração e foi em frente com bravura, disposto a tudo, afirmando não ser daqueles que...

— Como?

Acolheu a interrupção com um suspiro de alívio:

— Não ouvi bem o aparte do nobre deputado.

Silêncio. Ninguém dera aparte nenhum.

— Vossa Excelência, por obséquio, queira falar mais alto, que não ouvi bem — e apontava, agoniado, um dos deputados mais próximos.

— Eu? Mas eu não disse nada...

— Terei o maior prazer em responder ao aparte do nobre colega. Qualquer aparte.

O silêncio continuava. Interessados, os demais deputados se agrupavam em torno do orador, aguardando o desfecho daquela agonia, que agora já era, como no verso de Bilac, a agonia do herói e a agonia da tarde.

— Que é que você acha? — cochichou um.

— Acho que vai para o singular.

— Pois eu não: para o plural, é lógico.

O orador prosseguia na sua luta:

— Como afirmava no começo de meu discurso, senhor presidente...

Tirou o lenço do bolso e enxugou o suor da testa. Vontade de aproveitar-se do gesto e pedir ajuda ao próprio presidente da mesa: por favor, apura aí pra mim como é que é, me tira desta...

— Quero comunicar ao nobre orador que o seu tempo se acha esgotado.

— Apenas algumas palavras, senhor presidente, para terminar o meu discurso: e antes de terminar, quero deixar bem claro que, a esta altura de minha existência, depois de mais de vinte anos de vida pública...

E entrava por novos desvios:

— Muito embora... sabendo perfeitamente... os imperativos de minha consciência cívica... senhor presidente... e o declaro peremptoriamente... não sou daqueles que...

O presidente voltou a adverti-lo de que seu tempo se esgotaıa. Não havia mais por onde fugir:

— Senhor presidente, meus nobres colegas!

Resolveu arrematar de qualquer maneira. Encheu o peito e desfechou:

— Em suma: não sou daqueles. Tenho dito.

Houve um suspiro de alívio em todo o plenário, as palmas romperam. Muito bem! Muito bem! O orador foi vivamente cumprimentado.

O HEMISTÍQUIO

Ainda estudante, ele pensava que sabia inglês, como geralmente acontece. Vivia às voltas com autores ingleses, que tomava de empréstimo numa biblioteca. Um dia se enfiou destemidamente pela poesia — pelo menos apareceu na faculdade com um volume de Byron debaixo do braço. Não tinha a menor intenção de humilhar os colegas, mas tão-somente a de ficar lendo o tempo todo, com aquela voracidade da juventude, que não busca propriamente entender o que lê, mas a satisfação de já ter lido. Não deixou, porém, de impressionar a patuléia ignara:

— Está lendo Byron no original.

Alheio ao sucesso que causava, passou de Byron a Shelley, deste a Oscar Wilde, e tanto bastou para que se visse cercado de prestígio e admiração:

— Conhece poesia pra burro.

— Literatura inglesa é com ele.

Quando deu por si era uma espécie de mentor da ala intelectual dos moços, oráculo da cultura européia, o Britânico. Em torno dele vicejava a fina flor da estudantada, vivendo das migalhas que tombavam de sua erudição:

— Keats se deixou devorar pelo romantismo.

— To be or not to be, that is the question.

Mas o Britânico não era o único a imperar. À frente de outra ala, a nacionalista, pontificava um bardo de alto coturno, condoreiro, telúrico e descabelado, Castro Alves redivivo e autor de um famoso verso que falava no patriotismo de rubra flama, rimando com o som troante do canhão que rebrama. Em torno do beletrista auriverde também se aglutinava uma confraria de admiradores, inspirados nas mais genuínas fontes da poesia pátria. O Britânico torcia-lhe o nariz:

— Nunca ouviu falar em Marlowe.

O Bardo, por sua vez, procurava avacalhá-lo:

— Intelectual de gabinete. Qualquer cantador do nordeste tem mais inspiração.

E as duas correntes se hostilizavam. Um dia, porém, deu-se o imprevisto: num transbordamento de entusiasmo criador, o Bardo não se conteve e de surpresa levou ao Britânico a última produção de sua lavra:

— Dá uma olhada nisso aí, me diga o que você acha.

O que pretendia ser apenas um gesto de superior condescendência para com a cultura européia, de súbito pareceu aos outros completa rendição do gênio pátrio. Era a poesia nacional que se curvava ao beneplácito da crítica alienígena. As coisas ficaram malparadas para o Bardo: o Britânico é que assumiu um ar condescendente e se pôs a ler a versalhada, sob a expectativa dos demais. Enquanto lia, pensava apenas no que dizer, e acabou optando pela força mais expressiva de um britânico laconismo:

— É bom, no gênero — disse apenas, gravemente, devolvendo ao Bardo a sua papelada.

Mas um dos que lhe reconheciam as glórias da superioridade cultural, tendo lido também, por cima de seus ombros, ousou estranhar:

— Você achou bom? E o hemistíquio?

O Britânico se voltou, intrigado:

— O quê?

— O hemistíquio, meu velho — tornou o outro com intensidade, apontando os versos: — O que é que você me diz do hemistíquio?

O Bardo arregalou os olhos, observando um e outro. Em redor se fez silêncio e todos aguardavam, compenetrados.

— O hemistíquio — e o Britânico fez um gesto evasivo: — Ora, o hemistíquio está aí.

— Aí onde, que eu não vi?

O Britânico relanceou os olhos em torno, sentindo-se perdido.

— Está aí — repetiu.

— Onde? — outros perguntavam agora, já irônicos: — Vai ver que ele não sabe o que é hemistíquio.

Ninguém sabia. O Bardo muito menos:

— Isso mesmo: quede o hemistíquio? Me mostra que bicho é esse. O que é hemistíquio?

Um dicionário, meu Deus, tão fácil, um dicionário! ele que sabia o que queria dizer plebiscito.

— Ora... — resmungou, britanicamente aborrecido, e foi tratando de abrir caminho para a mais inglória das retiradas.

Os outros não perdoaram:

— Se não sabe diga logo.

— Não foge não. Ensina pra gente.

Fugiu, desavergonhadamente. Seu prestígio foi por água abaixo: desde aquele dia, deixou de ser o Britânico, e passou a ser conhecido como o Hemistíquio.

MANSUETO EM NOITE DE GALA

Não, não era um *stradivarius*. Desde menino-prodígio no Conservatório Mineiro de Música, o Professor Mansueto ouvia falar nesses famosos instrumentos: restavam pouquíssimos, custavam uma fortuna, havia muita falsificação. O seu era um *del Gesù,* do século XV, modelo Cremona, fabricação do extraordinário Giuseppe Guarnieri e por muitos considerado melhor ainda que os de Antonio Stradivari.

— O próprio Paganini tinha um — costumava afirmar, entusiasmado.

Descobrira a raridade em Veneza, quando esteve por lá, numa rápida viagem promovida pela congregação de professores. Garantida a autenticidade do instrumento, passou a sonhar com ele e, de volta ao Brasil, pôs-se a juntar, tostão por tostão, a soma fabulosa que pediam. Mas as aulas e concertos mal davam para o sustento, e o Professor Mansueto percebia, desalentado, que morreria de velho antes de ter debaixo do queixo o cobiçado violino. Então vendeu tudo que tinha: o violino velho, a coleção de discos e o automóvel, apurou o dinheiro necessário:

— Eu morro, mas esse violino é meu.

No dia em que recebeu a encomenda, decretou

feriado: afobadíssimo, aguardou a entrega do volume, trazido pelos funcionários da companhia aérea debaixo de sua direta supervisão, e colocado, com as mãos cheias de dedos, sobre a mesa da sala, como se fosse uma bomba prestes a estourar. Cercado de amigos, professores e alunos do conservatório, desencaixotou cuidadosamente a preciosidade, envolta em algodão e papel de seda, e a estreitou no regaço como a um recém-nascido.

— Toca, professor! — pediam, todos, deslumbrados.

— Não.

O professor deixou para experimentar o violino quando se visse a sós, e prelibava o momento com a tonta alegria de um amante na perspectiva do primeiro encontro.

— Não toco não. É preciso afinar primeiro.

Naquela noite não conseguiu dormir. Seus dedos punham-se a tremer quando acariciavam, deliciados, o verniz secular do instrumento, como se não fosse digna dele a arte de que eram capazes. Então, para ensaiar, agarrou-se a um velho e rachado violino que jazia esquecido no sótão, seu primeiro violino, ainda dos tempos de criança, e pôs-se a tocar, desvairado, pela noite adentro. Os gemidos pungentes que lançava o instrumento imprestável eram como ganidos de êxtase no silêncio da noite mineira.

— Um concerto — decidiu-se ele, afinal, tresnoitado e descabelado. — Um grande concerto, para inaugurar meu violino.

Anunciou-se na cidade que o Professor Mansueto daria um concerto no teatro da Prefeitura para inaugurar seu violino.

Um concerto do Professor Mansueto já era atração suficiente para os interessados no gênero. Afinal de contas, o homem era bom violinista, muito estimado, e granjeara nome no meio musical. Mas o seu raríssimo instrumento, por si só, constituía motivo de atração capaz de superlotar o teatro na noite anunciada.

Com o teatro assim repleto, o Professor Mansueto apresentou-se, metido numa casaca apertada, para a gloriosa apresentação de seu violino e sua arte. O palco do teatro, amplo e solene, avançava pelo lado de fora em plano elevado sobre o parque, em cuja orla estava construído. Este detalhe arquitetônico é de suma importância para a perfeita compreensão do extraordinário acontecimento que se deu naquela grande noite.

A platéia, entusiasmada, saudou o concertista e este perfilou-se, agradecendo, o precioso violino graciosamente seguro na mão esquerda, o arco na direita. Fez-se silêncio; o professor empertigou-se, ergueu o queixo, acomodou sob ele o instrumento, descreveu no ar uma parábola com o arco, levou-o até as cordas e. . . deu um passo atrás.

Que foi que houve? Que aconteceu? Um só grito de surpresa levantou-se da platéia estarrecida. O Professor Mansueto, num incrível passe de mágica, havia desaparecido! Todos, num movimento único, se puseram de pé: onde estava ele? Passado o primeiro segundo de susto, as palmas estrugiram. Ninguém entendia, mas fora um número extraordinário. Bravos! Bravos!, gritavam todos, sem saber o que diabo fora feito do Professor Mansueto.

Então os espectadores caíram em si: estavam ali para assistir a um concerto, não a um espetáculo de mágica. E o palco vazio desafiava em silêncio o pasmo de todos. As cortinas do fundo se agitaram, algumas pessoas acorreram: empregados do teatro, o eletricista, parentes do Professor Mansueto. Acorreram e, ignorando o público, cercaram ansiosos o ponto exato do palco em que o professor havia sido tragado pelo chão. Naquele ponto abria-se um buraco que dava para o chão do parque lá embaixo, a uns cinco metros.

— Socorro! — ouviram vir lá do fundo uma voz roufenha.

Só então compreenderam: os empregados do teatro haviam estendido o tapete sem se lembrar de fechar o alçapão existente no soalho. Com seu peso, o professor varara o palco, com tapete e tudo. O público se precipitou por todas as saídas, para socorrer o pobre homem. Alguns, mais gaiatos, riam às gargalhadas, sem considerar a triste sorte que ele tivera. Porque o professor, desgrenhado, sujo de terra, a casaca em frangalhos, brandia furioso no ar um velho toco de madeira, que era tudo o que restava de seu valioso violino.

— Um Cremona! — berrava, apoplético, e agredia com palavrões os encarregados do teatro, o prefeito e demais autoridades constituídas.

Acalmado a custo, foi levado ao hospital: constatou-se fratura do braço e escoriações generalizadas. Dias depois, era visto pela rua, braço na tipóia, declarando enfático aos mais afoitos que o interpelavam a sua firme e indignada intenção de acionar a Prefeitura por perdas e danos. Mas retorquia com um palavrão, até então inédito em seu repertório, a quem tivesse a ousadia de perguntar-lhe:

— Por falar nisso, professor, que música mesmo o senhor ia tocar?

ESCALA EM CURITIBA

É gerente de uma casa de geladeiras. A freguesa, uma jovem e desconcertante cantora de rádio, fora-lhe recomendada por um amigo.

— Pena que eu esteja saindo para São Paulo neste instante. Mas a senhora pode ultimar a compra ali com meu colega...

— Que coincidência! — fez ela, com um gesto gracioso: — Eu também estou indo para São Paulo. Tenho um programa lá hoje à noite. Em que avião o senhor vai?

Mais essa agora: que diria sua mulher, se por acaso aparecesse no aeroporto com aquela criatura?

— Ainda não sei: tenho de voltar hoje mesmo...

— Eu também. Mas para mim não faz diferença: vou no que o senhor for, tenho tempo de sobra.

De sobra é o que ouviria da mulher se não conguisse se livrar daquele esquema. Ainda mais um tipo que chamava a atenção de todo mundo, cheia de trejeitos e visagens:

— Deixo para comprar na volta, não é isso mesmo?

Não houve jeito: em pouco saíam juntos da loja e tomavam um táxi, a caminho do aeroporto. Durante o trajeto ele esqueceu por instantes a esposa e se deixou embalar numa vaga veleidade romântica que aquilo podia sugerir, um casal em fuga, uma aventura amorosa bem distante já das possibilidades de sua vida acanhada e submissa. Foi chamado à realidade pela voz da cantora, que passara sem transição a tratá-lo por *você* e lhe batia na perna com cordial intimidade:

— É gozado esta história de avião, não é, bem? A gente está aqui no Rio e num instantinho está em São Paulo. . .

Gozado vai achar minha mulher — ele pensava: se não conto esta história direitinho, adeus São Paulo, adeus comissão naquela venda das máquinas de lavar.

Antes de chegarem ao aeroporto, a cantora já o chamava de "queridão" e ria-se às gargalhadas de qualquer bobagem que ele dissesse — mesmo ao falar na esposa, que iria ao seu embarque — complicações na certa.

— Me apresenta como sua prima — dizia ela, piscando o olho.

Completamente irresponsável — concluiu ele: nem fica bem, na minha idade. . . e pensava nos seus cinqüenta anos, os filhos, a estabilidade conjugal mantida a duras penas, o conceito de que gozava na firma.

— Chegamos na hora — disse, ao saltar do táxi.

O alto-falante convocava os passageiros. Antes que esbarrasse com a mulher, certamente por ali à sua espera, precipitou-se para o embarque — a cantora o seguia numa corridinha trepidante. Ele fazia um ar de quem nada tinha a ver com ela: avião para São Paulo? para São Paulo? e não olhava para os lados, ia entrando, misturado aos demais que logo acorreram.

Já em pleno vôo, mal teve tempo de dedicar atenção à sua companheira de viagem: anunciavam o tempo do percurso do Rio a Curitiba.

— A Curitiba?

Vários passageiros se entreolhavam, alarmados:

— Não pode ser.

— Engano deles: eu estou indo para São Paulo.

— Eu também.

Chamaram a aeromoça:

— Que história é essa de Curitiba?

— Nós aqui estamos indo é para São Paulo.

A aeromoça, perplexa, foi consultar o comandante.

— Querem ir para São Paulo e não para Curitiba. O que é que eu faço?

— Joga pela janela — gracejou o comandante.

— Quem sabe a tripulação é que tomou avião errado?

— Só me faltava mais essa.

A aeromoça voltou dizendo que era isso mesmo: não fazia escala em São Paulo. Os passageiros, indignados, protestavam:

— A culpa é daquele sujeito ali, que nos afobou.

— Foi ele quem puxou a fila.

Esboçava-se um motim a bordo. O comandante veio acalmar os ânimos:

— Não posso fazer nada. Em Curitiba os senhores permutam. Isto é, se ainda houver avião hoje para São Paulo.

Não havia. Foram forçados, sob protestos, a pernoitar em Curitiba. A primeira providência que ele tomou foi avisar a esposa, por telegrama. A cantora, furiosa, desabafava:

— Vou perder o meu programa! Esta você me paga.

Ele se dispôs a pagar-lhe a conta do hotel, acomodando-a em seu quarto:

— Já que estamos aqui...

— Pensa que eu sou dessas? Não quero te ver nem pintado.

Não o viu nem pintado, senão na manhã seguinte, quando se dispuseram a voltar para o Rio:

— Ir a São Paulo fazer o quê? — choramingava ela.

Ele pensava na esposa, que certamente o aguardava no aeroporto.

— Por via das dúvidas, você fica quieta, finge que não me conhece. Deixa que eu explico tudo.

Ao vê-lo, a esposa não quis saber de explicações:

— O que é que você foi fazer em Curitiba com essa tipa?

— Psiu, não fique assim — advertiu ele: — É uma freguesa, vai me comprar uma geladeira.

FÍCUS ITALIANO

Meu escritório tem uma mesa, uma cadeira, a máquina de escrever, uma estante, meia dúzia de livros, meu arquivo. É tudo que eu preciso.

Mas percebo que me falta algo mais. Algo de que justamente eu não necessito: rigorosamente dispensável, que tenha na própria inutilidade uma perfeita justificação de sua existência. Que simplesmente exista, portanto: algo vivo.

Nem chega a ocorrer-me que poderia ser um passarinho, por exemplo: eu acabaria me esquecendo de dar-lhe alpiste. Uma planta — uma planta resolve o meu problema. Corro à esquina, onde, já havia posto reparo, tem justamente um homem que vende plantas em vasos.

— O senhor pode me informar quanto custa esta...

Foi a primeira evidência real que tive de minha irrecuperável ignorância em matéria de plantas: não sabia o nome daquela nem de nenhuma outra.

— Comigo-ninguém-pode — tornou o homem.

Não estava me desacatando: logo percebi que se referia à tal planta.

— O senhor não prefere samambaia? — sugeriu, depois de medir com ceticismo a minha presumível capacidade aquisitiva.

Evidentemente samambaia eu sabia o que era — portanto, não devia ser grande coisa.

— Não, prefiro uma planta mais cara — respondi idiotamente, pois não sabia quanto custava a samambaia.

Devo ter pago o dobro do que valia a que acabei comprando:

— Aquela ali, por exemplo.

Apontei ao acaso uma que me pareceu bela, pelo menos o vaso: era um vaso grande, de louça branca, redondo, como um penico.

— Ah, sim, aquele fícus italiano.

Fiquei sabendo então que dali por diante seria proprietário de um fícus italiano. Sem mais indagações, mandei transportá-lo para o escritório.

Começou o meu duro aprendizado. O primeiro que chegou foi o psiquiatra — que tem consultório ali no andar de cima, muito bem situado para qualquer emergência:

— Não quero te chatear, meu velho, você está tão satisfeito com a sua planta: mas diz minha mulher, e ela entende dessas coisas, que fícus italiano tem que receber sol direto, senão morre.

Mais essa, agora: sol direto, só de manhãzinha, debaixo da janela. E justamente quando a janela costuma estar fechada. Conformado, arrastei penosamente o vaso para junto da janela, dispondo-me a deixá-la aberta na minha ausência.

No dia seguinte chegava o cliente do psiquiatra:

— Quem foi que lhe disse isso? Tira essa planta daí que senão ela cresce feito uma árvore.

Idéia de esquizofrênico, não tinha dúvida. Contrariado, medi com o olhar a altura da parede: pelo ar de alarme que ele assumira, já me via em pouco tendo de pedir ao vizinho de cima licença para abrir um buraco no teto. Tinha graça eu terminar com uma árvore aqui dentro do meu escritório.

— Dizem que na sombra ela morre...

— Morrer, não morre — tranqüilizou-me o próprio homem das plantas, na esquina: — Mas não dará jamais aquelas folhas roxas, tão bonitas...

— Que mais ela dá? — pergunto-lhe, interessado.

Dá trabalho — concluo logo: fícus italiano não come alpiste, mas bebe água. E quando já estou na rua é que me lembro não haver molhado a planta. Molho a planta, passo o resto do dia enxugando o chão: tem um furinho debaixo do vaso, isso não me ensinaram. Coloco um prato: a água transborda do prato. Molhou demais! — adverte o homem: assim ela morre. Não sei o que fazer para enxugar a própria terra encharcada. Tiro-a da sombra, com medo de estar morrendo, tiro-a do sol, depois de medi-la, com medo de estar crescendo: a cada manhã, quando abro o escritório, temo ver compridas raízes se alastrando pelo chão. E fico nisso o dia inteiro, não consigo concentrar-me no trabalho.

— Fícus italiano, porca miséria.

Fecho o escritório e vou-me embora.

— Como vai indo ela? — e o homem das plantas pisca o olho, sorridente, ao ver-me passar.

— Comigo ninguém pode — retruco, decidido.

ESTACIONAMENTO PROIBIDO

Admirado ao encontrar tão facilmente uma vaga, caí como um patinho na armadilha do serviço de trânsito, pois encostei o carro junto à placa do ponto de táxi, que os ramos de uma árvore escondiam de meu olhar. E fui muito lampeiro para o cinema, certo de que a cada um cabe a vaga que lhe é devida.

Mas se Deus cobre com a capa, o Diabo descobre com o chocalho: quando saí do cinema, enfrentando o temporal que desabava e saltando sobre poças d'água como um cabrito, nem pude apreciar o conforto de abrigar-me no carro, pois logo tive o desprazer de ver a papeleta de multa no pára-brisa.

Não era tudo, porém: quando tentei dar a partida, o carro se arrastou aos solavancos, empacado nos quartos como um jumento — e só então verifiquei que ambos os pneus traseiros estavam vazios.

Esta era a sugestiva maneira pela qual o motorista de táxi costuma exprimir seu protesto feroz contra o estacionamento indevido: esvaziando os pneus. Isto, diga-se de passagem, foi no tempo em que a boçalidade não fora ainda oficializada pelas autoridades do trânsito. Concluí que o abominável contratempo, evidentemente proposital, só poderia ser obra do espírito de porco de um deles — desde que recusei, por inadmissível, a hipótese de ter sido o próprio guarda que me multara. Embora haja quem afirme que há muito eles também costumam divertir-se com semelhante molecagem.

Resignei-me a esperar que a chuva amainasse, nem que tivesse de passar a noite dentro do carro. Ao fim de meia hora, porém, minha paciência se esgotou ante a atitude de perfeito idiota que eu assumira ali dentro, sem iniciativa e sem cigarros. Sujeitava-me além do mais a ser observado pelo próprio motorista causador de meu infortúnio, que breve poderia regressar ao ponto, como era natural, pois o criminoso sempre volta ao local do crime.

E eis-me de novo na chuva, maldizendo minha sorte, sem me importar mais com a roupa que se colava ao corpo e os sapatos encharcados. Caminhava às tontas em busca de um transporte providencial que me levasse a algum mecânico ou borracheiro tresnoitado. Assaltei com truculência o primeiro táxi vazio que passou ao meu alcance — e a reação do motorista foi mesmo a de estar sendo assaltado. Procurei tranqüilizá-lo, expondo-lhe meu problema. Ele se dispôs a ajudar-me, e como prova de que alguns maus elementos não chegam a comprometer toda a classe, pôs-se mesmo a verberar o feio procedimento de seus colegas. É possível que ainda temesse alguma falseta do passageiro de maus bofes que lhe irrompera táxi adentro: protegeu-se atrás de exemplar solicitude, levando-me a um posto de gasolina onde era bem relacionado e que certamente me prestaria assistência.

Em agradecimento, entretive-o durante o percurso com o assunto que se impunha: os assaltos de que sua classe costumava ser vítima. Assumindo ares eruditos, para dar categoria à minha condição social, contei-lhe o que havia lido recentemente numa revista européia: em Lausanne, na Suíça, alarmados pelo número de assaltos de que são vítimas, os motoristas profissionais estão cogitando na instalação de um pedal que automaticamente tranque todas as portas — menos, é lógico, a sua própria —, pare o motor, solte uma cápsula de gás asfixiante, faça disparar a buzina e acenda um farol vertical em cima do carro.

— Boa idéia essa — tornou ele, pensativo, e acrescentou, carregando cada vez mais o sotaque lusitano: — Mas já estive cá a pensar com os meus botões que bom seria inventarem um carro em que os passageiros fossem no banco da frente e o motorista no banco de trás.

Concordei, sugerindo que, nesse caso, melhor ainda seria o passageiro servir de motorista e o motorista de passageiro — pois não me parecia muito viável, pelo menos no estágio atual da indústria automobilística, um carro com o volante no banco de trás. Tenho a dizer que ele achou a conversa em geral muito instrutiva e já me dava como um fino cavalheiro quando chegamos ao nosso destino.

Trouxemos de volta um prestativo borracheiro que vinha a ser seu patrício e logo pôs-se a trocar com ele considerações sobre a maneira mais eficiente de substituir dois pneus de um carro que só dispunha de um sobressalente. A chuva passara e o impasse pôde ser rapidamente resolvido, graças à luminosa idéia de levar ao posto uma das rodas sem o carro, depois de afastada a idéia impraticável de levar o carro sem uma das rodas. Assim, foram executadas as operações necessárias, sob minha atenta, posto que inerte, fiscalização.

A essa altura, o motorista de outro táxi, que estacionara por perto, se aproximou e ficou olhando como quem não quer nada. Tive a intuição de que se tratava do próprio autor da brincadeira — mas eu nada podia fazer, senão ofender-lhe mentalmente a ascendência materna. Confiei ao outro minha suspeita — ao que ele, solidário, concordou:

— Pode ter sido ele mesmo. O cabrão! Olhe, aquele dispositivo a que o senhor se referia poderia ser ligado também às rodas, pois não? Tão logo o parvo tocasse na válvula do pneu, explodia-lhe nas fuças uma banana de dinamite.

Confesso que no momento a idéia me pareceu absolutamente genial.

A ÚLTIMA CRÔNICA

A caminho de casa, entro num botequim da Gávea para tomar um café junto ao balcão. Na realidade estou adiando o momento de escrever. A perspectiva me assusta. Gostaria de estar inspirado, de coroar com êxito mais um ano nesta busca do pitoresco ou do irrisório no cotidiano de cada um. Eu pretendia apenas recolher da vida diária algo de seu disperso conteúdo humano, fruto da convivência, que a faz mais digna de ser vivida. Visava ao circunstancial, ao episódico. Nesta perseguição do acidental, quer num flagrante de esquina, quer nas palavras de uma criança ou num incidente doméstico, torno-me simples espectador e perco a noção do essencial. Sem mais nada para contar, curvo a cabeça e tomo meu café, enquanto o verso do poeta se repete na lembrança: "assim eu quereria o meu último poema". Não sou poeta e estou sem assunto. Lanço então um último olhar fora de mim, onde vivem os assuntos que merecem uma crônica.

Ao fundo do botequim um casal de negros acaba de sentar-se, numa das últimas mesas de mármore ao longo da parede de espelhos. A compostura da humildade, na contenção de gestos e palavras, deixa-se acentuar pela presença de uma negrinha de seus três anos, laço na cabeça, toda arrumadinha no vestido pobre, que se instalou também à mesa: mal ousa balançar as perninhas curtas ou correr os olhos grandes de curiosidade ao redor. Três seres esquivos que compõem em torno à mesa a instituição tradicional da família, célula da sociedade. Vejo, porém, que se preparam para algo mais que matar a fome.

Passo a observá-los. O pai, depois de contar o dinheiro que discretamente retirou do bolso, aborda o garçom, inclinando-se para trás na cadeira, e aponta no balcão um pedaço de bolo sob a redoma. A mãe limita-se a ficar olhando, imóvel, vagamente ansiosa, como se aguardasse a aprovação do garçom. Este ouve, concentrado, o pedido do homem e depois se afasta para atendê-lo. A mulher suspira, olhando para os lados, a reassegurar-se da naturalidade de sua presença ali. A meu lado o garçom encaminha a ordem do freguês. O homem atrás do balcão apanha a porção do bolo com a mão, larga-o no pratinho — um bolo simples, amarelo-escuro, apenas uma pequena fatia triangular.

A negrinha, contida na sua expectativa, olha a garrafa de coca-cola e o pratinho que o garçom deixou à sua frente. Por que não começa a comer? Vejo que os três, pai, mãe e filha, obedecem em torno à mesa um discreto ritual. A mãe remexe na bolsa de plástico preto e brilhante, retira qualquer coisa. O pai se mune de uma caixa de fósforos, e espera. A filha aguarda também, atenta como um animalzinho. Ninguém mais os observa além de mim.

São três velinhas brancas, minúsculas, que a mãe espeta caprichosamente na fatia do bolo. E enquanto ela serve a coca-cola, o pai risca o fósforo e acende as velas. Como a um gesto ensaiado, a menininha repousa o queixo no mármore e sopra com força, apagando as chamas. Imediatamente põe-se a bater palmas, muito compenetrada, cantando num balbucio, a que os pais se juntam, discretos: "parabéns pra você, parabéns pra você. . ." Depois a mãe recolhe as velas, torna a guardá-las na bolsa. A negrinha agarra finalmente o bolo com as duas mãos sôfregas e põe-se a comê-lo. A mulher está olhando para ela com ternura — ajeita-lhe a fitinha no cabelo crespo, limpa o farelo de bolo que lhe cai ao colo. O pai corre os olhos pelo botequim, satisfeito, como a se convencer intimamente do sucesso da celebração. De súbito, dá comigo a observá-lo, nossos olhos se encontram, ele se perturba, constrangido — vacila, ameaça abaixar a cabeça, mas acaba sustentando o olhar e enfim se abre num sorriso.

Assim eu quereria a minha última crônica: que fosse pura como esse sorriso.

FERNANDO (Tavares) SABINO nasceu em Belo Horizonte, a 12 de outubro de 1923. Fez o curso primário no Grupo Escolar Afonso Pena e o secundário no Ginásio Mineiro, em Belo Horizonte. Aos 13 anos escreveu seu primeiro trabalho literário, uma história policial publicada na revista Argus, da polícia mineira.

Passou a escrever crônicas sobre rádio, com que concorria a um concurso permanente da revista Carioca, do Rio, obtendo vários prêmios. Uniu-se logo a Hélio Pellegrino, Otto Lara Resende e Paulo Mendes Campos em intensa convivência que perduraria a vida inteira. Entrou para a Faculdade de Direito em 1941, terminando o curso em 1946 na Faculdade Federal do Rio de Janeiro.

Ainda na adolescência publicou seu primeiro livro, Os Grilos Não Cantam Mais (1941), de contos. Mário de Andrade escreveu-lhe uma carta elogiosa, dando início à fecunda correspondência entre ambos. Anos mais tarde, publicaria as cartas do escritor paulista em livro, sob o título Cartas a um Escritor Quando Jovem (1982). Em 1944 publica a novela A Marca e muda-se para o Rio. Em 1946 vai para Nova York, onde fica dois anos, que lhe valeram uma preciosa iniciação na leitura dos escritores de língua inglesa. Neste período escreveu crônicas semanais sobre a vida americana para jornais brasileiros, muitas delas incluídas em seu livro A Cidade Vazia (1950). Iniciou em Nova York o romance O Grande Mentecapto, que só viria retomar 33 anos mais tarde, para terminá-lo em dezoito dias e lançá-lo em 1976 (Prêmio Jabuti para Romance, São Paulo, 1980), com sucessivas edições. Em 1989 o livro serviria de argumento para um filme de igual sucesso, dirigido por Oswaldo Caldeira.

Em 1952 lança o livro de novelas A Vida Real, no qual exercita sua técnica em novas experiências literárias, e em 1954

Lugares-Comuns – Dicionário de Lugares-Comuns e Idéias Convencionais, *como complemento à sua tradução do dicionário de Flaubert. Com* O Encontro Marcado *(1956), primeiro romance, abre à sua carreira um caminho novo dentro da literatura nacional.*

Morou em Londres de 1964 a 1966 e tornou-se editor com Rubem Braga (Editora do Autor, 1960, e Editora Sabiá, 1967). Seguiram-se os livros de contos e crônicas O Homem Nu *(1960),* A Mulher do Vizinho *(1962, Prêmio Fernando Chinaglia do Pen Club do Brasil),* A Companheira de Viagem *(1965),* A Inglesa Deslumbrada *(1967),* Gente I e II *(1975),* Deixa o Alfredo Falar! *(1976),* O Encontro das Águas *(1977),* A Falta que Ela me Faz *(1980) e* O Gato Sou Eu *(1983). Com eles veio reafirmar as suas qualidades de prosador, capaz de explorar com fino senso de humor o lado pitoresco ou poético do dia-a-dia, colhendo de fatos cotidianos e personagens obscuros verdadeiras lições de vida, graça e beleza.*

Viajou várias vezes ao exterior, visitando países da América, da Europa e do Extremo Oriente e escrevendo sobre sua experiência em crônicas e reportagens para jornais e revistas. Passa a dedicar-se também ao cinema, realizando em 1972, com David Neves, em Los Angeles, uma série de minidocumentários sobre Hollywood para a TV Globo. Funda a Bem-te-vi Filmes e produz curtas-metragens sobre feiras internacionais em Assunção (1973), Teerã (1975), México (1976), Argel (1978) e Hannover (1980). Produz e dirige com David Neves e Mair Tavares uma série de documentários sobre escritores brasileiros contemporâneos.

Publicou ainda O Menino no Espelho *(1982), romance das reminiscências de sua infância,* A Faca de Dois Gumes *(1985), uma trilogia de novelas de amor, intriga e mistério,* O Pintor que Pintou o Sete, *história infantil baseada em quadros de Carlos Scliar,* O Tabuleiro de Damas *(1988), trajetória do menino ao homem feito, e* De Cabeça para Baixo *(1989), sobre "o desejo de partir e a alegria de voltar" – relato de suas andanças, vivências e tropelias pelo mundo afora...*

Em 1990 lançou A Volta por Cima, *coletânea de crônicas e histórias curtas. Em 1991 a Editora Ática publicou uma edição de 500 mil exemplares de sua novela "O Bom Ladrão" (constante da trilogia* A Faca de Dois Gumes*), um récorde de tiragem em nosso país. No mesmo ano é lançado seu livro* Zélia, Uma Paixão. *Em 1993 publicou* Aqui Estamos Todos Nus, *uma trilogia de ação, fuga e suspense, da qual foram lançadas em separado, pela Editora Ática, as novelas "Um Corpo de Mulher", "A Nudez da Verdade" e "Os Restos Mortais". Em 1994 foi editado pela Record* Com a Graça de Deus, *"leitura fiel do Evangelho, segundo o humor de Jesus". Em 1996 relançou, em edição revista e aumentada,* De Cabeça para Baixo, *relato de suas viagens pelo mundo afora, e* Gente, *encontro do autor ao longo do tempo com os que vivem "na cadência da arte". Também em 1996, a editora Nova Aguilar publicou em 3 volumes a sua* Obra Reunida. *Em 1998 a Editora Ática lançou, em separado, a novela "O Homem Feito", do livro* A Vida Real, *e* Amor de Capitu, *recriação literária do romance* Dom Casmurro, *de Machado de Assis. E ainda em 1998, além de* O Galo Músico, *"contos e novelas da juventude à maturidade, do desejo ao amor", a Record editou, com grande sucesso de crítica e de público, o livro de crônicas e histórias* No Fim Dá Certo – *"se não deu certo é porque não chegou ao fim" –, e em 1999,* A Chave do Enigma. *No mesmo ano foi agraciado com o Prêmio Machado de Assis da Academia Brasileira de Letras pelo conjunto da obra.*

Tendo lançado em 2001 uma coletânea completa de "páginas soltas ao longo do tempo", sob o título Livro Aberto, *no mesmo ano publicou as* Cartas Perto do Coração – *sua correspondência com Clarisse Lispector – "dois jovens escritores unidos ante o mistério da criação".*

Impresso no Brasil pelo
Sistema Cameron da Divisão Gráfica da
DISTRIBUIDORA RECORD DE SERVIÇOS DE IMPRENSA S.A.
Rua Argentina 171 – Rio de Janeiro, RJ – 20921-380 – Tel.: 2585-2000